U0561661

中国诗歌学会2021年度诗选

时间之外的马车

欧阳江河 主编

GUANGXI NORMAL UNIVERSITY PRESS

广西师范大学出版社

·桂林·

时间之外的马车

SHIJIAN ZHI WAI DE MACHE

图书在版编目（CIP）数据

时间之外的马车：中国诗歌学会 2021 年度诗选 /
欧阳江河主编. --桂林：广西师范大学出版社，2022.9
　ISBN 978-7-5598-5229-8

Ⅰ．①时… Ⅱ．①欧… Ⅲ．①诗集－中国－当代
Ⅳ．①I227

中国版本图书馆 CIP 数据核字（2022）第 137767 号

广西师范大学出版社出版发行

　广西桂林市五里店路 9 号　　邮政编码：541004

　网址：http://www.bbtpress.com

出版人：黄轩庄

全国新华书店经销

珠海市豪迈实业有限公司印刷

　珠海市香洲区洲山路 63 号豪迈大厦　邮政编码：519000

开本：889 mm × 1 194 mm　1/32

印张：16.625　　字数：110 千

2022 年 9 月第 1 版　　2022 年 9 月第 1 次印刷

印数：0 001~5 000 册　　定价：56.00 元

如发现印装质量问题，影响阅读，请与出版社发行部门联系调换。

目录

守林者

你每天清点：十亩橘林，一百棵松柏

四十二个坟头。其中最好的位置是瘌痢老宋

朝南，背靠两棵古松，下面是高铁

每天都有面容模糊的人飞快经过

许久没有说话了，除了哼几句越剧

半夜听到谁在松林里哭泣

你知道那是风，松鼠，秋虫，野猪

与迟迟不肯离去的乡邻

你带上酒，去跟老宋聊天

不肖子孙，医保政策，最南边山野

的毒辣太阳和睡在那里的战友

你不知道是否还有福气

躺在老宋旁边，今年村里墓地

又涨价了。在松树下翻了个身

无数炮弹像松塔般从天而降

火龙果

名叫红霞的台风正在袭击海南岛
白茫茫的水汽看不见火龙果在哪里
它们必将接受洗礼，像沐浴战火
而当台风过后，火龙果会更红更甜
带着太平洋和印度洋的双重气息
点缀在一片狼藉的大地和海边
我们慌乱的生活又拥有了美的秩序
那时，我们吃火，吃一团热烈的火
吃大地和大海的火，吃跳荡的火
吃火中太阳内核的黑子后就成了龙
从陆地腾空而起，化身自由之神
我们终于写下人类的诗篇

环形跑道

可以任意设定起跑线
经典的追及问题频繁上演
甲和乙，同时同地同向出发
再次相遇时
两人的路程差等于跑道周长

它的有趣在于
为了成全这道数学题
速度快的总要拼了命去追
一副惊慌失措的样子
而跑得慢的人愈发悠然
还差着大半圈呢，不着急

第四圈，师兄从身后翩然而至
喘着粗气：莫比乌斯环
扭转 180 度的纸条首尾粘接

无须跨越它的边缘

蚂蚁也能爬遍整个曲面

第九圈，我再次被赶超

他谈起家乡的小黄菊：

自盛夏发起，花期直抵来年二月

熬汤服用可明目退翳

故曰千里光

我告诉他，在非洲

四千米海拔的高山沼泽地

有种体型巨大的植物

枝叶紧凑，没有值得炫耀的花

名字也叫千里光

师兄明显慢了下来

我们开始聊环游的行星

旋转的太空垃圾

远处零星的虫鸣渐渐收声

在环形跑道上，只要步履不停

人和人总会一再相遇

安
海
茵

莞香在上

林木沐浴了亚热带流水，
香气蒸蔚，木心沉静，
我世俗的热望
被东莞这棵奇异之树所窖藏。

莞香以火焰之姿怜惜这世间的小儿女。
莞香潮水般覆没我的伤口，
将荆棘之爱破壁成粉末状的隐喻。

这香气携着海洋的记忆，
和蚀化了的羽翅
翻过一座座山岭。

莞香在上，
为风暴里的阵痛打着矢志不渝的柔光。

合欢

她欣赏合欢的名字
那情爱中最激烈的部分，只属于两个人

她穿上又脱掉的影子
留在合欢树下。夏日的傍晚，风可耻地
沉默着，青春已沦陷，白发已爬上中年

她简单而偏执地默念合欢，合欢
音质光滑，足以担当余生的垫席

空中依旧有尘埃漫舞
往事在旷日持久地说话。

安

然

秘密

我爱你，在一滴水中

在一滴水的全部秘密里

这秘密柔软、猛烈，带着冒犯的惊喜

这秘密正被你命名、收割

被你缓慢地放进秋日的底部

我爱你，在纷至沓来的人群中

茫茫——

涩涩——

像无数颗星子，像海的女儿

今夜，雪落满稻田

我们想起彼此，寒鸦归来

我们抱紧彼此，白荻迎着高阳

深秋在稻田里放肆地明亮

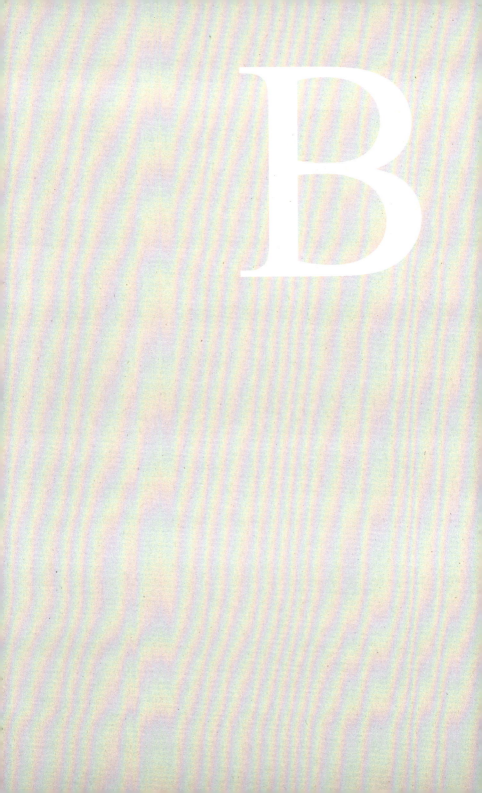

抵抗者

穿越她们的肉体他花了很长时间，在脑海中
一幅幅地、快速又慢速地、深入又浅出地、
凝视又浏览地、重视又忽视地，欣赏她们、
脱离她们、埋怨她们、爱她们

把她们从远古的基因中剥离出来
豆荚里圆滚滚的肉色豆子，让她们走出卧室
走上舞台，笑出癫狂、哭出纸的单薄
给她们平面的错位，手不成为手，脚不成为脚

暴力地洗去关于性别的所有特征
用无视溶解出尤物肢体里的油污

他用这样一个下午，完成自己男人的成长：
把他所得到的羞辱全数反击回去，上帝偏爱她们
把他的敬意隐藏不见，碾压无须真容

然后，他才敢细想其中

具体的某一个

窗前的一盆菊花

在众多景观花中，它是一盆
为数不多，劲拔的黄色菊花，
亮闪在我窗台的花丛中。
花，黄得鲜艳，是将溢出的油。
长狭的花片如长舌围卷，
分层有序的围成，以芯空
而外敞的花色自由空间，
吐出一团细细不见的云雾，
如飘逸中飞身将去的肉身。
这样从容，用几经坠落的
沉痛，顶起曾休折的中茎。
那些一枝枝从北风中，动态
长出，又开放水母般弯曲的触手，
坚韧的花芯，是闪耀的光斑。
我有些惊悟：它的美和花盆
并不相称。它穿戴的外衣，

火的刺目，盆边还有慵懒的蚜虫，
于盆边黑烂衣裙的边缘，不停啃食
与叫嚣，像小人不停去骚扰
内心高尚的人。而菊花，转身为
朴实的清像，散入了人群——
在不容易的生活中，开出了
耀眼，真挚的平民花朵。

山顶

砍柴人走得陡峭，带回的烟火也陡峭
白云俯身，接住炊烟返回山顶

悬崖边，我曾望见一大簇云锦杜鹃
不敢动刀，多好的柴啊
像一团火点燃了群山
少年动了雄心，抱着这座山走出去

每走一年，山就矮一截，走到纸上
山矮成了假山，是中年的山，漏洞百出
山中走兽，藏头藏尾，像一篇檄文
慌里慌张

一想起那么多名山立在原地，那么多落日
重复荒废，而明月一直未曾嫁娶
像一枚钻戒，戴在群峰的食指上

我有什么必要，抱着一座山，东一程
西一程，到死都追不上一缕轻烟

蔡
岩
峣

夜的宽厚必然大于星辰的总重

外婆煮了一锅沸水
给年幼的神洗澡
秋风拜首，万物的气息
在平原上缓步

而如果你也可以观测
那么死亡就像一颗
正归仓的核桃，白的仁
从细密的壳底开始萎缩

这么好的夜
夜的宽厚必然大于星辰的总重

人的人的人的
命，到这里
能没有精巧的安排？

母亲不在

外婆的

乳房

也可以是一座郊庙

曹
宇
翔

飞过

隐隐听到一声声鹤鸣
从云端，从一只白鹤的传说里
滴落这山顶的翠绿草甸
与晨露在草尖，向着我们的凝望
向一轮朝阳荡漾滑动

所有的旅途都汇集于此
被一声鹤鸣所总结，所照亮
一切都变得遥远，又近在眼前
白鹤飞，飞进我们的内心
仿佛减轻了肉身的沉重

天地的澄澈已洗过了肺腑
白鹤飞，飞过我们心灵的天空
这人生邂逅之福，尘世之美

在石鼓寺，在石溪村
　　暮霞又掩住虫鸣的石径

第二圈

这样，从第一圈我降至第二圈
　较为缩紧的圜围，却容纳着
　　更多引起号哭的痛苦的方面

未必还有时间为证，还能踏歌
　深探更为悠久的恶之花
　　甚至彻底，甚至击穿了

地狱之心，跃进跃出，去熔化
　装束起精神的押韵的链条
　　上登水星天，更接近抵达

最后的幻象里最后的说教
　即将背弃此生的誓约
　　以及自由意志的飞鸟

这样，第二圈，未必无月

　　照见雪原

　　翅影拂掠

注：

第 1—3 行，引自但丁《神曲·地狱篇》第五歌。

南京

星之芒映在棋盘上，戏弈之间隔着
扬子江（或许秦淮河，春水浸淫后
朱漆画舫更颓荡）两个影子正思索
如何把对方将死
　　　　　将死的曾经是炎夏
棋谱像热气球升至半空。且当云散
凤凰台移暑拂掠老城墙、大明宫址
僻静小区三五个院落晾晒的白床单

罩向燕子矶，一个俯瞰皮带输送机
勃起的黄昏，煤炭喷射进铁皮驳船
光阴的记忆也变构紫金山，变构了
上帝次子第二的马后炮
　　　　　马后炮绝杀
总统府，展览其中的天皇殿，显出
两江总督惊溃，而仪凤门外静海寺

三宝太监迷踪，无人会，城下签约

致雨花台边凄雨——革命尚未成功
携往新亭的玛瑙石如泪……又有谁
揭去陵寝头盖骨，却又神叨叨神道
彷徨？弃子保车
　　　　　　车胎辗顾人间正道
从苍黄到沧桑，到怆惶中沦入历史
泥淖，沉陷，一轮轮大屠杀一层层
深化的白骨地狱！相反的幻景凌腾

叠加现世繁华，鎏金塔泯没，隆崛
琉璃塔，第一塔埋替，怎奈打结于
立交桥转盘捉急的过客，一步一步
拱卒
　　卒卒遥见玻璃巨塔骇人地兀立
仿佛特别研制，亟待点亮自我顽鲁
冲撞阴霾天花板粉身碎骨而缤纷的
火箭。焰幻之夜，同一局残棋耀眼

注：

1. 第 12 行，上帝次子第二，洪秀全自称上帝次子，孙中山自
称洪秀全第二。

2. 第 17 行，革命尚未成功，引自孙中山 1923 年在广州举行的"中国国民党党员恳亲大会"上的题词"革命尚未成功，同志仍须努力"。

3. 第 21—22 行，人间正道，苍黄，沧桑，参阅毛泽东诗《七律·人民解放军占领南京》。

陈
航

露天观影

骑着秋风，落日加紧事物的更替

夜晚的胡须从他脆弱的风景里长出

周遭熟悉的烧烤店，永远布满聒噪的观众

他将记忆对折，但没能逃出雨声的垂钓

他还是选择坐在老位置上，重复着

往事碎片的播放：点她最爱吃的羊肉串

像是摸到余晖，怀念缄默的空气

假想两人相互对视，填充缺席的色调

他上演着用酒精麻痹剩下的雨

旋入晚风的迷离，抛弃自由的滑翔

那年他们分离，分离是：时间的颤音

会在湿润的夜晚里响动，就如此刻

他拥抱这虚幻的她，停驻许久

观众不时发出嘲笑的话语，他没理会

而是盘点这些年他失去的众多花瓣

风雨旧了，闪电旧了，这座城市的胶卷

每天都在更新，彩排即是演出
南渡江畔上的歌者，摊开水浪的变奏
他付完款，谢幕这个醉酒的夜晚
这场雨停后，没有一个人会记得
红色的凳椅上，流动过盛夏的火影

陈巨飞

粉笔的造雪机

顺着脚印去找一个人？
春天，一定会在前方阻断你。
顺着鸽子的焰火坠落？
雪，也许会替你拆除语言的栅栏。
湖面在告别，屋脊在归隐，
毛竹有沉重的肉身。

风，越来越具体，而风景
变得抽象。这个时候，适合做古人。
月光均匀、冷冽，车辙
画着平行线。从一开始，就不该
走进雪的迷宫。从一开始，
就不该怀念粉笔的造雪机。

挖走，埋在雪地的菠菜。铲去，
下了十年的雪。"那雪正下得紧。"

多少次梦里，你还在课堂上

讲解这个"紧"字。

天地宁谧，万物屏息，讲台上，

落了层静静的细雪。

陈
人
杰

冻红的石头

高原并不寂寞

世界上，

不存在真正荒凉的地方孤独，

只是人感到孤独

一天夜里，我看到星星闪烁的高处

雪峰在聚会

又有一次，我从那曲回来

看见旷野里的石头冻得通红

像孩童的脸。

而另一些石头黑得像铁

像老去的父亲

它们散落在高原上，

安然在地老天荒的沉默中

从不需要人类那样的语言

驭刀无传

穿过黑暗的甬道
你伸出一只前世模糊的手
接过一把方块刀
杀开蓝圆幕遮

街头都是耍刀人
劈、带、撩、刺、横
刀影闪烁成形意八卦之阵
你嘴白又唇青

整力打法最可怕
大于虚无三倍的重量
强敌看起来不用锋
刀背震碎了你的命运

十八年后学太极

如果你还在
也许会成为驭刀侠
我不知道
也许你会成为一个毛孔渗血的人
终日涂改《神经》。

陈
先
发

泡沫

绳子：一截柔软的、由无数
一闪念组成的身体。
在东方人的心理构造中绳子是
一个奇特的喻体。线性、对仗
的两端，一端叫作"始"另一端
必须叫作"终"。如果形成闭环，
两端就消失，遂得圆融之意……
也有将两端都呼之为"我"的怪人：
在《世说新语·品藻》中
殷浩说："我与我
周旋久，宁作我。"——

这哪是一千六百年前该说的话？
仿佛只是昨天下午"因癫痫发作
在办公室沙发上窒息"的胡续冬遗言，
有"白猫脱脱迷失"之美……

他饲喂的猫仍踯躅于暮色。

一旦他的手静止，那些猫

可能并不存在——相对于语言的绵长，

猫，确实只是一闪念。而说诗人之生命

"始"于某刻，又"终"于某刻，

不过是个狡黠又粗暴的说法。

当绳子尚未形成圆环之时，

我与我，注定不能凝结成"我们"，但——

至少我们还可以猜猜看

在殷浩和

胡续冬之间，在这根寸寸流失的绳子上

如果此端是泡沫，

谁，才是另一端的暗礁？

注：

第 14 行，胡续冬（1974—2021 年），当代重要诗人、翻译家。
他多年喂养北大校园中的流浪猫。"白猫脱脱迷失"为其一首
诗题。

枯

一件东西枯了，别的事物
再不能
将阴影投在它的上面

雨点击打它再没有声音
哪怕是你彻夜不眠数过的、珍稀的雨点。
虚无被它吸收

春日葳蕤，有为枯而歌之必须。
写作在继续，有止步、手足无措之必须。
暮年迫近，有二度生涩之必须。

文学中，因枯而设的喑哑隧道
突然地你就在它的里面
仍是旧的世界，旧的雨点，只是它裂开了
慢慢咀嚼吧，浸入全部感官，咀嚼到遥远星际的碎冰

陈
云
昭

小雪

有时，一片落叶丢下影子。
有时，一只鸟儿丢下影子。

落叶不知去向，
鸟儿不知所踪。

圣·保罗说：
信，是未见之事的确据。

落叶，鸟儿，
落叶丢下的影子，
鸟儿丢下的影子，
…………
这些都是未见之事。

池
凌
云

蝴蝶

一只黄色的蝴蝶来到我的窗口
一天之中唯一的亮色，把我带离
黯淡与荒芜。我跟随
这神秘的信使，想着失落的心的碎片。
某种火焰，炫动的光
以更加沉默而灵动的触角拉着我。
我浮过暗暗涌动的气流
察看我们的躯体。我的双臂空如芦苇
轻抚裸着的河岸一朵不败之花
跟随我们移动。我们通过它互相渗透，
渐渐获得明天的酣睡。而我们体内
秘密的装载之物
带着我们行走。

如果我们回家的路要走上很久

如果你和我一样

下班回家的路要走上很久，那么你一定

要像我一样学会原谅，

原谅一个在等红灯却一直

训斥背错单词女儿的母亲，生活的压力

正在消解她对孩子的全部耐心

你也要原谅一个逆行

差点和我们相撞的中学生，逆行固然危险

但想想还有那么多作业要做，他选择了捷径

你甚至更要原谅一个

一边接电话

一边超车的美团外卖员，

还有好几户还没有送到，每个电话的那头

都藏着一个焦躁而不耐烦的买家

…………

如果你和我一样

回家的这段路要走上很久，你一定要像我

一样学会原谅所有人

在自己的命运中

左奔右突，那是成长、奔波和辛劳

也是你我曾经历过

或正在经历的生活，因为眼看着

"夜色就要黑熊一样

趴在我们身上"，而我们大家

都依旧有那么远的路要走

世门

世界的门用开关做成，推门而入
进入生活无尽的空响。暗地里
木匠备好剖问的刀斧

门是榆木转世的祠堂。春秋为序
书生在等远方，等一扇朱门
遁入空门，猫梦见昙花

门神护佑失去的一天
闭合。无尽之门回应无尽的应允
风响着，虚掩的光阴也响着

D

博格达峰

黄昏抹去了莫须有的事物，
极目之处，博格达峰的雪冠悬浮在空中，
如一片孤云。
我伸出双手本想托住它却慢慢合十，
变成了祈祷，仿佛一个大悲者，
在重塑金身。

每一个早晨都值得醒来

你要对自己好一点
对自己的头发和皮肤
还有睡眠和胃
好一点

现在就穿上
心仪的衣服出门
不要再等什么特殊的日子
我们活着的每一天
都是良辰吉日

明天和意外
永远没有底牌
无论你在深夜经历过
怎样的泣不成声
每一个早晨都值得醒来

渗透

你闪进破碎的树影
你将自己编织进鸟鸣
命中寂灭的火把，抛向彤云穹顶
你像一只狗，嗅得出所有即将消逝的亲密

这本不是一场生死对决，尽管
死亡列队整齐。请相信我，
所有的水滴终会融为一体
大海蒸发以前——
巴巴里狮，斑驴和帕拉夜鹰都向着你航行

——万物流向彼此
我们活着，无处不在
生命引力，携带旷古的回忆
当你开口问：又为何分离？

我试着回答你，收集你

不让有你渗透的大自然散佚

若我不小心说出了我想你

皑皑宇宙的坚壁深处必定有一个回音

你已嵌入世界的光景，你一次次被唤醒

我们驻足同一个故事里。

2021 年 7 月 24 日

董
洪
良

战栗

一本泛黄的线装之书——
滚落出一个个字
一个号，及后封的谥号
滚落出一声声温情的生平
行状和叹息
没有句读与选注
在枯草般速朽的味道中
有的甚至还要咬人
在族谱面前，在这样一本
不同于普通的线装书上
我们羞于冗长的停顿
并极少用"传"的文体来表达

——我们的静穆，有本能的内心战栗

她是谁?

桥洞的秘密从何开始
六个影子汇聚于此。

什么季节了?
想死的果实击中影子之一,
落地是会意,是腐烂。
坚硬的心
埋在这里。请用工具来凿一凿,
影子之二呼唤淘气的
堂吉咳咳嗒勇士——挖掘机兄弟——

从地下捞出石头,捞出火花拱起的刹那
缠绵之路铺满鼠尾草。
紫色迷雾中,一位少女走来。苍老的。
情真意切的?
她无视第三个影子,

双眼穿上丝线，她亲手钩出花。

微妙的花，

盛开在眼角。

第四个影子，好辛苦才想起

少女平缓的经历——所有影子

都见过又遗忘的她

独自走来，带着紫雾和铃铛

叮当，叮当

叮当，叮当

在午后。矮胖的影子之五

萎缩成土豆般大小

嚣张地滚到她腿边转圈

将浮在空中的风吸住

坠到她身体里。她也在旋转。

她在飞，越过木棉梢

旋转。可耻地战栗？

她向湖边飘去。

影子六睡在她脚上。

他们来到最好的一块地方坐下，

忘记这一天的相遇。

夜晚正降临，欢腾吧——

蛊惑人心的故事
碰撞、裂开
流淌于她湿润的眼中。

穿过烛，跟上星，带着疼

你在针尖上走

读出相遇

读出阴影的拥抱

退隐的山河，福音的内涵

未完成的天空

要你承担这寂静

这心理的总量，声音的原野

沉默大地嗓音中的白杨

越过岁月大面积的钟声

一只鹤从回声归来

你留在这里干什么，你离开干什么

甜蜜清晨

残疾保姆的叫声中埋着光

红色棉花吸母亲体内的糖

在花钟形的耳郭里

听词的扑翅声

从鸟儿识破的方向

钻进锁眼开花

呵，明亮——高压下热情的事故

把语言中开花又开败的现实

还给你——青春云朵后面的实体

呵，会说话的空白

偶尔吐露星辰的声音：

缩进核

冲击出生的第一小节

光内尘土歌唱

婴儿只有一身皮肤

雪意于满盈

天空在下雪，很小的雪粒
你脸上的微笑像瓷器上的光
心里也是满盈的
雪粒像你的舞伴

从酒馆出来后，雪已铺满一地
我们还要沿着这条积雪的小路
走过一段距离，才能回到
我们的家。在温暖的灯光

亮起之前，我们都很感激
这短暂的距离，让嘴唇缄默
只在内心歌唱。小巷里
一个男人冒着雪往家赶

昏昧的路灯照着他，像一头

温和的兽。我们都很熟悉

这种疲惫，在长长的、被情感

啃噬的岁月里。

E

那些羊

每天午前带它们上山吃青草，喝涧水
眼睁睁看它们把好时光过得潦潦草草

要精心选择最好的草，要鲜嫩无比
涧水要纯洁，不含杂质，不含夜间蛇虫爬过的痕迹
照亮它们的太阳要精神百倍，也要经过夜露清洗

跟它们说话要细声细气，有青草一样的心
眼神要像母亲，我的羊呀

F

范
雪

善良

二斤青海羊排
一棵德清白菜
炖在一块儿，蜜色清甜

我低头回想忘不了的是什么
你神色里有古时候良渚的风
分别吹拂了江南五千年，谁最善良

二〇二〇年夏天，萱草在浓荫里怒放
我眼里你像盛夏一样忙碌
一生是忙碌，所以简洁

简洁让人看上去善良
善良对面，我也愿为它的来由忠诚祈祷
尽管吹拂了世间的相别也忙碌的风，吹得更劲

2021 年

方
从
飞

南黄古道

没事干。提只空麻袋
假装去临海贩私盐，有人
在天台等我
赚了钱请客。果然
路旁多出比屁股更光滑的石头
我庆幸天生没有翅膀
有足够步行经验提醒落日
下山要先站稳脚跟
这事很重要——

有人因为飞行姿势不对，成了鸟人
有人相信了轻功，脱了鞋
就往树上爬
等我闻讯赶来，他们已变为细长的青藤
这些事又当了树的肥料
害得树不得不年年长高。最高的那棵

甚至能摸到前朝的风霜

有人纠结高速与县道，心犹不甘

南黄有古道？除了空麻袋

你可有别的证据

清晨

这是一年之中，第一天的清晨
日光苍白。河水一退再退
直至献出透明易碎的骨骼
我蹲在晒场上抽烟
雾气笼罩整个平原

失神之时看见
旷野墓地的芦苇丛，归于寂静
如同以往逝者皆已安息

冯
帅

女性主义与赵孟頫

握紧拳头

攀爬在金钩铁划的沟壑里

几百年前的竹渣麻渍

封印在薄薄的一层

看得透　捅不破

究竟该遒还是媚

分而治之是最粗暴的驯化

逃　又能逃到哪里

死亡本就是懦弱的遮羞布

松雪斋从来难避风雨

还是写吧　砍吧

拿起书生的判官夺命笔

可为什么心有英雄慨叹

下笔却是尽丽极妍

夫人隐在身后

端的是　端的是

让琴瑟和鸣下地狱吧

写曲作词　摄一摄你的胆魄

冯
新
伟

翠鸟

不再给别人写，我就是我唯一的读者
治疗失眠，看来已无其他灵丹妙药
睡不着，就听一听夜吧，此刻
正有一列火车驶过，整个夜，室外
全是它。与旅行有关的记忆我开始翻阅
但我头脑里，竟然入侵了黑客
往昔的情景被更改了，有的画面被窃取
几个电视上看来的形象总在眼前干扰
证实：我看电视太少，对她俩印象深刻
快看那只树上的翠鸟，是我今夜的创造
讲故事的人拔步着，远远地走到树下
他咒骂着怠工的笔，倒掉鞋里的土
因跟不上我的动作和头脑的加速度
只好被遗忘在纸上，听翠鸟鸣唱

数字模式

疫情期间我开始网购，补数字经济这门课

追落后于年轻人的指尖生存技能

莎莎化妆品线上新店，京东自营

咖啡、电动牙刷、观梦手环

商品替换了我曾经习惯的旅行在路上

周末，我驻足于引擎里一只云形鸵鸟挡住的落日

等光环现身，等灼热浸润身体

从岩石夹层里我又一次闯入金星

麦哲伦号探测器里的熔岩流、龟裂和火山口

山岭、峡谷、陨石坑，沙丘和风暴

只要有电有网，我指尖上的磁铁

就会像一条有力搅动的黑金鱼

地震那天它从我书房鱼缸里跳到地板上

幸亏失眠。我在手机上写诗

替神明发音，再转入电子邮件

或用微信发给有约的编者

这个习惯有些古老了，新技能是

绑定银行卡，防盗防被骗，守候圣餐

忍耐刺眼的屏幕以及虚假性

大部分时光并非弹奏思想，而是分辨率

一种全新下沉的模式裹挟着是与非

我继续沿着似曾相识的小街道，玻璃橱窗

当当网打折后我的《镜像》《碰到物体上的光》

上个周末我买下几本自己的书留作礼物

昨晚，在京东我还买了波德里亚的《密码》

朗西埃《词语的肉身》

孔夫子旧书店我的《原野的秘密》已悄悄升值

以及更早的几本有折痕的旧诗集

都有谁也买过自己的旧作，为了隐藏

为了抹去曾使用幼稚的形容词和浪漫主义抒情

脱离缓慢模式，证明时间的残留物如

面包屑。留住日月的方式还有很多种

挤进先锋，从陈旧词汇里搬家而不是捂住耳朵

百度照片，我与一只帆船

曾反射在太平洋海岸线一处玻璃幕墙上

身边的椰子和空间，数字模式下的一顶黑色帽子

我独自发现了更多秘密，非个人隐私

而是科学里的神，魔幻飞行器

指尖的滑翔机持续探入，休闲鞋折扣海报

丝绸保真承诺的广告语背后

成功支付的雀跃铃声，视频里又驶来一辆

川崎 ZX-10R 超级摩托车，风中闪灵

F1 排气筒虚拟的裂缝共鸣

热能步枪，猎魂捕鲸炮，炫酷、狂飙

这时有钥匙转动门锁，换拖鞋

回来又开门出去的家人像一阵清风

虚拟又可触的幻象，被隐秘程序计算的每一刻

除了可能性，距离在与不在并不重要

爱也如此。裹挟着空间飞来的商品如雪花

你爱上了每一个小小蜂巢的新密码

重复听尾数后面袭来的"咔嚓"开启音

休止符般的宇宙小天窗，小惊喜

生活继续被数字模式改变着，被多种耐心

领取每一件携带风尘的牛皮纸箱或者小盒子

获取指尖上虚拟的真实感，片刻天意

运气化身的虚无。多年以来

我几乎每天发微信朋友圈，记意象派日记

不间断地，为了某一刻还原时间时

给予黑洞有关的事件留下入海口

蔚蓝色金丝绒幕布，语言吸盘，台词的根

甫
跃
辉

咳嗽

胸腔里什么时候住进一匹野马

奋蹄、嘶鸣，在白天和黑夜

也在黄昏的黄和黎明的明里

一匹野马拘囿于一个人所有的

劳作和情感：看他在书房坐下

看他喝水或偶尔走到阳台

四处看看再回来；看他思念或发呆

看他想起什么又忘记。一匹野马

偶尔小憩，观察栅栏外的一切

栅栏二十四根，二十四条暗斑

勒在它身上。它会不会想起非洲大草原上

正低头吃草的远房亲戚？

野马，自有节律，从一根肋骨

跃向另一根肋骨，肋骨之上

百草生长。它不明白寒冬早已撼动时间

这儿何以萋萋如许。层层升高

直至喉咙，坐井观天的野马，看见天
朝自己俯身，上苍的脸晃荡着红色的
巨大器官。它多想蹦起，一把揪住
霹雳一声，一匹野马夺口而出
消失在弥天大雾里。而他于困倦中
短暂入梦，梦里徘徊着一头狮子

付
炜

诗人继续沉默

终于使自己变成一个谜
　　　——穆旦致杨苡的书信摘句

事实是，一个谜的形成并非来历不明
作为病愈的一代，我们彻夜失眠
冗余如熟透的果子，昏聩如朽蚀的桨
没有痛苦，没有影子在沸水中
弯折，我们都已经学会了面对青山
慨叹所有的忧伤，然后
宽宥那所有令我们忧伤的人和事物

数月来，在晚餐后我们习惯离家远行
沿途风景严肃如一个故人
在我们头顶，那庞杂的雀群
被拆散成单薄的轮廓，我们无处逃逸
不知悲喜，只能在春天的风暴里

沉默着，哪怕雨意渐急

在黑暗中要让眼睛朝着更暗的地方看去
要用目光之刃，修剪隐身的花枝
要让殊途，有必然同归的命运
我们自信体内的薄雾，会在时间里溶解
而未来谈论我们的人，都将在谎言中
获得一种难以言说的轻盈

G

我以额头抵住小马驹的前额

额头抵住小马驹的前额，微风在草上
小马驹静静卧着
我搂它的脖子，脸颊贴着它的耳朵
旁边，连成片的白茅
捧出三两枝蓝幽幽的还亮草

仿佛我是一个探看的朋友
它静静地卧着，霞光点亮了眼睛
巧克力在童年的舌尖上
消融。之前，我拒绝爬上成年的鞍鞯
驭使它拘于劳役的父或母

心里充满了喜悦，凉风加速流动
双手在它的脖颈上取暖，而它温柔地
接纳。认我做兄弟，或同类
像一个共振的刹那到达

安静的身体，婚礼上的钻石闪着光

火烧云落在草坡上。
没揽上生意的山民牵马下山
小马驹站起来，缓缓地跟在后面
头也不回。星子闪烁在空中
夜色让大地黯淡。这陌生的额头

抵住一匹小马驹的前额。
它信任我，并对我抱有信心
那一刻是神的眷顾，让我们拥有
同一座山，同一片草地，同一个黄昏
嘱咐八月的风，吹刮无边的静谧

母亲的电话号码

以前，母亲常打电话说

腹里有火焰

腿里有冰川

体内在下雨

冬天墙上空调吹西伯利亚风

夏天暖气片放射赤道的阳光

…………

我不太相信

常把电话放在免提上

忙自己的事情

任母亲诉说着

现在，母亲说的全部

我都相信

而且相信

我所有的忙碌

都是假的

母亲的电话号码
刻在我脑神经上
喉结上、心肌上、血管上
所有的骨头上
全身的皮肤上

耿
占
春

午后

此刻让我醒来的，是一种
久远的悲哀，徘徊于午后

一阵脱离肉身的呻吟
与细语，穿过阔叶与针叶

和幽闭的意识，高耸的
狐尾椰、木麻黄和灌木丛

仍然是松鼠、蜥蜴、白蚁
乌鸦和啄木鸟的世界

万物靠它们的简单无为
达成纷繁杂芜的和谐

这是亘古以来人们赞美的

世界，还是让人恐慌的

存在？我迟疑地断定午后
唤醒我的，既不是可见的

也不是可闻的事物，而是
世界已消失的那一部分

龚
学
敏

白鳍豚

和天空脆弱的壳轻轻一吻，率先成为
坠落的时间中
一粒冰一样圆润的白水。

要么引领整条大河成为冰，把白色
嵌在终将干涸的大地上
作化石状的念想。

要么被铺天盖地的水，融化回水
只是不能再白。

时间就此断裂
如同鱼停止划动的左鳍，见证
筑好的纪念馆，汉字雕出的右鳍。

干涸的树枝上悬挂枯萎状开过的水珠

冰的形式主义，衰退在水的画布上。

手术台上不锈钢针头样的光洁
被挖沙船驱赶得销声匿迹
扬子江像一条失去引领的老式麻线
找不到大地的伤口。

邮票拯救过的名词，被绿皮卡车
拖进一个年代模糊的读书声中
童声合唱的信封们在清澈中纷纷凋零
盖有邮戳的水，年迈
被年轻的水一次次地清洗。

那粒冰已经无水敢洗了
所有的水都在见证，最后，成为一本书
厚厚的证据。

向北的大象

二〇二〇年三月，大疫未平，

十六头亚洲象从版纳勐养保护区上路，

至八月，抵普洱倚象镇，

十月底，于景谷县境内短暂停歇，

十二月十七日，经宁洱县继续向北，

入墨江县，产下象宝一只。次年四月，

进入元江县（其中两头折返墨江），

在此停留、休整一月余，五月十六日，

再起程，过石屏宝秀镇，八日后

抵峨山县，五月二十六日晚七点，

到达县城入口处（距县城仅三百米），

民众惊慌，相向守护——一群亚洲象，

昼伏夜出，跋山涉水，穿过村庄、城市、

密林、山谷、庄稼地、公路、铁路，

它们在玉米林中玩耍，在街头舞蹈，

走近场院，拐入工厂，用长长的鼻子喷水，

敲击紧闭的窗户和房门，入酒厂，食酒糟，

大快朵颐，宿醉，醒来再隐入群峰山密林。

五月二十九日，象群抵玉溪市红塔区，

历一年又三个月。继续向大城昆明前进——

执着的大象，为什么抛弃栖息的家园

一路向北？它在寻找谁，它要去哪里？

对人类来说，这是一个谜——

一个不需要答案的谜。我想起

我的应许之地，三千年前曾是大象的国度，

一千年前大象偶尔出没，之后再找不见

其现身的记载——在与人类的争夺中，

大象从北方退向南方，从平原退向高原，

从白昼退入黑夜，渐次退出人类的视野。

而现在，它又回来了！从高山密林

进入属于人类的城市——一个巨大的隐喻，

拍打着所有紧闭的房门和眼睛——

我恍惚看见白玉的象牙和象骨，它沉重

的脚步从纸张深处，越来越急促地响起来。

关
晶
晶

转山

一

多疲惫，一口气散去，便要灰飞烟灭
更加努力地呼吸，把胸腔里的空旷扩至四野
惊雷滚滚的心跳中
万壑松风和千尺桃花潭水，都作片片雪
作片片闪耀的金光，遍布虚空

二

可究竟是胸腔里的一片空
看不见的坛城，步步荒芜里有行走的蜜意
缘起背牛粪的卓玛，然后，是一群羊
天上埋头吃草，瞳孔溢满山川河流，然后，又崩裂为
无限沙砾

粒粒肉身，哪一沙不是一座冈仁波齐

三

法螺已吹响，舌心幽暗的沟壑灌满酥油
点燃秘咒，敲打十殿浮堤门
天梯上刚刚搀扶过我的人
百万次被我吞下的世间重量
都簌簌落下如种子，在金刚亥母的温泉中流连

四

时空倒映出彼此的涟漪
在刹那遇见天地，没有创世者，只有通灵人
密而不语，把契机归还照见
把血管里流淌的星空，和史前闪烁的寒冰百炼成金
关于孤独，应义无反顾

五

然后再把空气填满冷
把手脚缩进身体，留一双眼睛，在二十座雪山之间移动
寻找更荒芜的冷，以及冷的凛冽和冷的决绝

干净透明的冷，把自己看进雪山

看成一座幽深的冰

六

除非是一次死亡，逆转出生

无数次相同的回望，梦中的白鹤回到来处

来处是纷繁的战事，是寂灭

是异界的词语灌入一颗悲悯的种子

是野牦牛隐入巨大的耀目的雪，剩下虚薄的空

H

大雪将至

进厂区时
大家都在跺脚
被人带来的新泥巴
在门外认识了旧泥巴
汉中、咸阳、秦岭、丹凤、延安
粘在一起

百里之外
是将至未至的
大雪，零星的小雪花
提前化了，梧桐用叶蓄下的水
滴在我脸上

我伸手
没有接住风
也没有接住雪花

天空很重，根本无力把握

我只好重新低下头

南去的一座古堡

无意识，关于时间旅行者的故事情节
在我们保留下的回忆里，南去的一座古堡
在它成为废墟之前，曾飞出过一只神鸟

有时候，人就想神秘地消失，成为一只鸟
成为它羽体下并不沉迷于虚无的，鸟巢中的
一双比钢笔土豆花蕾还轻的鸟翼

有时，我的消失，已无踪迹可寻，但在我
打开的门扉、天窗、后花园枯萎的盆景里
有我介入生活的一丝丝气息

意义，早被乌有之乡放弃。无意义，成了
辽阔星际线上，人获得冰冷和热烈的感受力
为了像一颗磁石活着，我们要付出多少代价

媚俗，永远在纠结于我们发出的声音

某一天午后，我的幸福，来源于

贫瘠丰饶山冈上，一个妇女挖土豆时的安宁

韩
东

这里的逻辑

她已经病入膏肓
但有心事未了
死前想要给父母上坟。
"这是最后一次
以后再没有机会了！"
我总觉得她已神志不清
就像她父母的死是真死
而等待她的不过是远行。其实
她为自己选中的墓地和他们紧挨在一起。

她如愿以偿，上了坟
然后拖着老残的病体回了京城。
然后她死了，被运回这里
中间只隔了一个星期。
想起那次艰苦卓绝的旅行
我就觉得不值。然而她已心满意足。

他们说她走得十分安详。

这里的逻辑大概是：
生者可以和死者沟通
而死者和死者绝不相通。
很可能她是对的。

2021 年 6 月 16 日

难以理解

最难以理解的不是他的死

而是方式。

我们和他之间并不隔着死亡

是那个时刻。

赴死以前他已异于我们

而异于我们以前他和我们一样。

之后，他死了

又变得完全可以理解。

我们可以爬上他登上的楼顶

但会从原路返回。

这并非是必修的一课，我们认为

他却将跳楼机的游戏修正为真。

风如何吹，鸟如何飞，心儿如何颤

这些都一模一样。

就像一次事故，在他是刻意破坏。

噩耗如何吹，他如何飞，我们的心如何颤

他对我们的了解远远胜过我们对他的了解。

他封闭的那团神秘即使全部绽开也不对我们开放。

2021 年 9 月 26 日（外外离世四周年）

农历九月二十五日，咏蛇

下山饮水，

可以空腹，

用禅房后流动的净水清洗暗绿的苦胆，

一条毒蛇到了这个时候，可以疲倦。

张八的锄头砰的一下，

也未曾砸碎什么。

它有光滑的液体，

现在没有了，

潮湿的腐叶上，

它已经不能够滑行。

这一天，我大胆地看了看它的眼睛，

用两朵石榴花赞美里面喷吐的光焰。

我们彼此缠绕，

我瓮一样向上敞开的形体，

夜里凉了下来。

我做梦也没有想到，

天上地下，万物风流，有那么多自由的星宿可以利用。

母亲

医院的地面
如同刺眼的溜冰场
我摔倒了
掉进一个巨大药盒

担忧
熬成胃里翻滚的白粥
健康，是医院里
怎么都等不来的电梯

母亲头上的叶子落了一地

她挽住我
就像抓住晃动的船舷

父亲守护她
如同大洋守护着鲸群

可母亲何时才能痊愈？
焦虑让瓶盖怎么都拧不紧

我们的聊天，像出水不畅的圆珠笔
无论怎么哈气，都无法写出一句

当世界崩断如悬崖上的吊桥
只有母亲的怀抱里没有噪音

我将吻叠好搭在她额头
放心吧，母亲——

我将帮你拓印每一滴血
陪你吞下痛苦孵化出的
每一块冰

当生活塌方如深山里的矿道
只有母亲的怀抱里没有噪音

母亲，你是我
醒来睁眼前喝下的第一口水
是我离开后忘了熄的那盏灯

何
向
阳

明白

我对这世界懂得的
还不如
对这世界的道理
懂得更多
我叫不出对面
这棵树的名字
果实　它的种子
来自哪里
却知道的是一些
不值得知道的东西

我其实还不如
桃树旁边的桂树
更了解桃树
我只知摘下它的叶子
夹进书里

而它孕育、开花的秘密

我知道的并不比

一株桂树

更多

我知晓太多的道理

而关于一株桃树的

花期

我又何从知道

如果不是桂树

轻声　俯身

向我

低语

胡
亮

待旦

鸟儿不甘心夕阳被悍妇揪了耳朵，叽叽喳喳，
如同一打弧形木梭，被谁抛向
一片针叶林，为暮色织入了最后一克光线。
此刻，西山就像倒悬的笔挂，
黑松反方向滴落着水墨。我们听得到
鸟儿敛翼，却看不到黑松藏锋。
手边还有一大把新制成的狼毫呢，
恰中年，更是要来研磨一方名砚。

物的时代

风有些陈旧，动人的一片秋声

上传着一个夜晚，裹紧微湿的乡愁。

许多有限的身体错落站立，男男女女

彼此认同，在令人起敬的降温里。

一个转码的海起伏着，失去了码头。

月在朋友圈升起，在滤镜里呼吸。

故乡任凭被复制，亲人乐于被粘贴，

在同一个沙滩上，空气编织着统一的节日。

那个女人穿着复古英伦裙，逗留在抖音里，

戴着医用口罩，笑容被远在天涯的手点击，

腰肢犹如芍药，安装了司空见惯的妖娆。

整个海收集着圆满，仿佛从未见过病毒，

月光下，我们的内存无限，想去爱

每一个爱过的人，原谅每一段误解与离别。

沙子直播成静谧的雪，背后是一个无限的亚洲，

听得见那么多人内心传输着温暖的液体。

大堰河·艾青故居

从这里出走，去远方。

而我们沿着相反的方向，来看他的故居，

——并非来自他讲述的时空：如果

有回声，我们更像那回声

分裂后的产物。

老宅是旧的，但探访永远是

新的发生——在这世上，没有一种悲伤，

不是挽歌所造就。我们

在玻璃柜前观看旧诗集，说着话，嗓音

总像在被另外、不认识的人借用。

他不在场，我们该怎样和他说话？一个

自称是保姆的儿子的老者

在门槛外追述，制造出一种奇异的在场感。

——我感到自己是爱他的，在树下，在楼梯的

吱嘎声中，我仿佛在领着

一个孩童拐过转角，去看他贴在墙上的一生。

从窗口望出去，是他的铜像

在和另一个铜像交谈，神采焕发，完全

适合另一个地方的另一段时光。

老墙斑驳，但我已理解了

那雕像在一个瞬间里找到的意义。

滴着小雨，铜闪亮，我感受着

金属的年轻，和它心中的凉意与欢畅。

他结过三次婚——另一扇窗外，双尖山苍翠，

在所有的旧物中，只有它负责永远年轻。

被捕过，劳改过，出过国，在画画的时候

爱上了写诗——他在狱中写诗。

——昨天不是像什么，而是

是什么。他的半身像伫立在大门外，手指间

夹一根烟，面目沧桑，对着

无数来人仿佛

已可以为自己的思考负责，为自己的

一生负责——最重要的

是你的灵魂不能被捕，即便

被画过，被诗句搬运，被流放和抚慰——

它仍需要返乡。要直到

雕像出现在祖宅里，他的一生

才是完整的。我凝视他的眼，里面

有种很少使用的透视法则。而发黄的

照片上，形象，一直在和改变做斗争。这从

完整中析出的片段环绕着我们，以期

有人讲述时，那已散失的部分，能够跟上进入

另一时空的向导。而为什么我们

要在此间流连，当它

已无人居住，但仍需要修缮，看守，仿佛有种

被忽略的意义，像我们早年攒下的零钱。

而穿过疑虑、嘈杂、真空，一尊铜像

已可以慢慢散步回家。

又像一个沙漏，内部漏空了，只剩下

可以悬空存在的耐心：一种

看不见的充盈放弃了形状，在讲述之外，

正被古建筑严谨的刻度吸收。

注：

大堰河，艾青幼时保姆的名字。

江边

古老的招魂术：驳船
无声滑行，露出舱顶和机械臂……
一声汽笛，被其看不见的用途吞食。
——甲板又变暗了，浓雾中的未来，
没人知道该怎样使用它。
莫名的阵痛，在燕子的剪尾中
维持着我们对生活的感觉。
远方都相似，被描述控制，
——有翅膀的东西都已接受了控制。
船队继续前行，它们斑驳的立面
断壁一样在眼前移动，构成
一条江，和滑动的光阴新的关系。
有时没有雾，旅途更漫长，
被遗弃的漩涡在悬崖下打转，时间
借用它们稍做滞留：这小游戏，
有种与航速脱节的欢愉。

一艘小汽艇拴在木桩上，

它熟知整个大江的颠荡，并漾动在

欲一试身手的兴奋中。

已是秋天，造船厂在调试新的马达，风

从堤岸上提走无效的嘈杂。

荻花就要白头了，这些

易朽的事物，要用短暂的一生，

练习怎样与永恒相处。

一只上个时代的夜莺

如烟的暮色中我看见了那只

上个时代的夜莺。打桩机和拆楼机

交替轰鸣着，在一片潮水般的噪声中

他的鸣叫显得细弱，苍老，不再有竹笛般

婉转的动听。暮色中灰暗的羽毛

仿佛有些谢顶。他在黄昏之上盘旋着

面对巨大的工地，猥琐，畏惧

充满犹疑，仿佛一个孤儿形单影只

他最终栖于一家啤酒馆的屋顶——

那里人声鼎沸，觥筹交错，杯盘狼藉

啤酒的香气，仿佛在刻意营造

那些旧时代的记忆，那黄金

或白银的岁月，那些残酷而不朽的传奇

那些令人崇敬的颓败，如此等等

他那样叫着，一头扎进了人群

不再顾及体面，以地面的捡拾，践行了

那句先行至失败之中的古老谶语

黄
灿
然

专注

在需要用几个正常人的生命
和几代正常人的生命来勉强
拼凑出一个正常人的世界里

我是谁，谁又是什么？所以
我思想而不是我在思想，我
看而不是我在看，我迟钝，

但不是我迟钝，我拆散自己
但我拆散的不是我自己，我
在拆散的专注中终于好像

似乎看上去勉强瞥见了一点
什么，好像就是我，看上去
似乎就是我，一闪如泪光。

经不起

舒适使他们失去舒适，因为
舒适也曾使他们得到过舒适：

他们经不起单调，甚至经不起
让单调来让他们知道他们单调。

他们使他们失去他们，因为
他们也曾使他们得到过他们：

他们经不起生命，甚至经不起
生命使他们知道他们就是生命。

黄
金
明

蜂鸟

蜂鸟从禾雀花的围剿中扑出

像夏侯惇拔出的箭头

带出了眼珠

黄藤如巨蟒

叶片如青鳞

藏匿于巉岩之侧闪避雷电的

白蛇在深山修炼了千年

仍无法平息去找情郎交颈而眠的欲望

狗子也有佛性

面壁的老僧

犹如古钟被一个风烛残年的松果撞响

闪电劈开乌云

如戒刀劈掉了纠结于头脑的藤蔓

松果和铜钟皆无

又何来钟声?

眼前无贼,莲子无心

山中又有何壁要破？

蜂鸟抽坎填离，以左翅上的水浇熄右翅上的火

这繁花似锦的尘世有筛眼般的孔洞

纯洁的棉花转动着摄像头

缝补这破碎山水的缝纫机疲于奔命

连无底洞也因蜂拥而至的游客一塌糊涂

鸟鸣和落日合而为一

（落日如独轮车的轮子

在幽深的洞穴中下沉）

蜂鸟的鸣叫如最小的针

如野蔷薇的刺

在震荡的松涛和松鸦的合唱中几乎被忽略

而蜂鸟针尖般的孤独无处诉说

黄
礼
孩

韩愈的阳山岁月

岁月屹立在遥远的彼岸

此岸的瞭望依然是历史的所求

当年的衙门了无痕迹

那年的吏治也在册难查

返回记忆，追逐昌黎先生的无限

他的身影是否圣洁，不需要

考古，只缘于内心的眷恋

韩愈，字退之，退去委屈之相

写作的手才慢慢停在云的边缘

比起阳山之穷，他更愿意逆流而上

他不辩护，也不吟唱污秽

时间朝着他出发，已写出了绵延的后记

灯火

灯火一朵朵熄灭，一朵朵盛开，
一个学者裹紧高贵的斗篷，
他认真排比了左右的学历和祖谱，
点一支烟，又使劲掖了掖皮袍
想起拄拐而口吃的同行，
眼前袅袅升起的烟变成人间烟火，
引出玻璃窗外灯火的真相——
万家灯火都缺乏尊严，仇恨
捕捉了人间的至爱，低劣的根性。
另一个学者吐出高贵的鱼泡，
想象山体长成自己的下肢，高了
一些，终于可鄙夷和同情他人，
并且叙述正义、良心和自然人性。
他也吐出精致的烟圈，诅咒
精英的堕落和文明的崩坏，他说
这时最好喝象屎咖啡、谈莎士比亚

和伯林，和无法忘记的大隐
隐于消费。只有野蛮粗俗的人，
才去开灯，关灯。学者们
总是让灯亮着，去照亮黑暗。
出租车司机说到了，你们都是
有面子的人，过得舒服……
学者们纷纷报出自己的出身，
试图共情，同情，多情，
像灯火，朵朵开，朵朵灭……

的卢

凡人皆有一死。死为解脱，为救赎。

为一条截然不同的路。

路边凋零枯萎的玫瑰。

衔于读书人的苍白嘴角。

骑马上山的人背着弓箭。

鸟兽匍匐于烈日之下，沙砾是一望无垠的脸庞。

刀与落日是仁慈的，

带你回到来时路。

梨花开满山岗。山岗上的你与我，

被黄昏送入迷宫中央。这个世界如火焰，

把胆敢触摸你的，

化为灰烬。而你是真实的，唯一的真实。

被禁锢在大脑中的人，摆脱了虚构，

以及极其渺小短暂的一生。

"如非必要，勿增实体"——

我是唯一的"必要"。

黑夜中的眼睛亮若晨星。

旭日是我的灿烂嘴唇。吐出万千霞光。

亲爱的人啊，我已爱了你三生三世。

而今轮回停止转动。我进入一匹白马的身体。

是一阵微风，越过千沟万壑，你的睫毛，

还有柴可夫斯基的第五交响曲。

眼下显现泪槽，额边生出白点。

当万箭齐发，我扬蹄跃过檀溪。

霍
俊
明

并非命运本身

我转过身去
如同多年前
矮小的父亲
站在
渐渐高起来的乡村砖墙上
正等着我
把一块块砖头
准确地
扔到他的手中

有一年
大雨之下
一面墙坍塌
我和父亲第一次无碍地
看到了外面的河沟和村邻
让人恐慌的直接

多年来

总是在困倦或睡梦时

他等待我

再次弯下腰去

捡起砖头

然后

起身

扬起臂膀

把它们再次抛向空中

另一双手

一直在空中张着

有些东西

时时落在上面

但那并不是

命运本身

兹兹普鸟

那是祖先灵魂聚集的地方。白色弥
漫了所有的领域，没有时间的概念，
失重之物在此漫步，孩子与老人
在生死之外，他们的年轻和衰老
以另一种方式，拒绝存在的变化。
星群触手可及，群鸟的幻影
沉落于光的大海。垂下金翅的神马
站立在感知的彼岸，事物被重新定义。
太阳的颜色，凝固成寂静的白幕，
吟诵的经文流淌在无声巨大的源头。

从不同的方向而来，被引领的声音
在路途上召唤。那火焰的颂词
是祭司献给三魂的礼物，它的陪伴
远离魔界的险境。手持白色的羊毛，
双手捧饮泉水盛开的葡萄。不要犹豫。

在此并非是长留之地，经典中记载的
城池其结局都是尘埃，剩余的部分
毁灭已是一个不争的问题。没有
物质构建的实体，永远沉溺于不朽，
否则不会给短暂的一切赋予意义。

没有时间的主宰，如果还有
这样的时间，它的反面也不会
钉满苍穹的钉子。哦，唯有荣誉
是生命绽放时属于集体的纪念物。
给史诗注入牛血，英雄将被世代传颂，
墙上的马鞍在寻找它的骑手。
创造狂欢的时机，旋转肉身的灿烂，
在火的节日遗忘白银装饰的面具。
这是躯体与灵魂的契约，其中的搏击
将代表生和死开始时所有隐匿的秘密。

哦，诗人，伟大的祭司！这就是
我们在众人面前歌唱的理由。
原谅我，也有过短暂的时刻
被欲望的需求所腐蚀，忘记了吟诵
珍珠般的诗句。但当火焰再一次
照亮了人类前行的道路，你仍然能

看见我站在这个古老族群的前列。
永恒活在传统的仪式里，并非选择
外部的形状，尽管额骨衰老的裂变
已势不可当，但想象让我的渴望呐喊：
叹惜小鸟再不能射出高过土墙的弧形。

火焰改变肉身的形态超过其他方式，
它将存在之物送至形而上的国度。
给亡者穿上一件永不腐烂的衣裳，
唯有此种力量能抵达未知的疆域。
不要相信生与死都被聪明人解读，
要不然抽象的一打开后或许属于无限，
这样的结论据说就是一个疯子的发现。
让火包裹的一切再没有所谓的重量，
生命都需要有变得轻松自如的一天。

只有在诞生和死亡的重复过程，
牛角号吹出的血丝才缠绕着线轴。
漫长的等待让愤怒的生殖啼唱，
让野蛮的情侣折磨交欢的对手，
当金枝的影像划破月色里的聚合，
这被称为眼睛的狂欢，最终迎来了
影像在皮囊下痉挛的回归与释放。

那里，红布缠上胜利者的欢呼，

那里，母性的颤动牵引着循环。

解脱的灵魂，穿越了星座的门扉，

音乐从群山的白昼宣称楼梯的曙色。

所有的灵魂都要遗忘感官的快乐，

俨然如同一块黑铁对立的隐喻。

快拨动那四片口弦非理性的杰作，

在那里白色的绵羊和透明的鸟儿

都将获得神灵们实至名归的赞颂。

面对亡魂的自由解放我们理应拍打击掌，

欢迎他们的亲人肃然伫立在那兹兹普乌。

注：

兹兹普乌，彝族人灵魂回归的圣地，其地域在四川金沙江对

岸的云南昭通高原腹地。

时间之外的马车

那是谁的马车从那边跑过，

在黑暗的深处它的轮子发出空寂的声音。

看不见车上的人

唯有雪的反光照射着星座的秘语。

没有驻足和停留下来的迹象，

陡峻山路，通向乌有，

似乎在更远的地方

马蹄在回应那永恒的时间。

没有在短暂的时刻思考，

这是漫长的冬天的开始，

不知道，那马车的目的地在哪里？

黑暗包裹着它的全身

这形而上的未知的奔跑，

全然是在另一个抽象的国度。

除了马匹呼吸旋转的气体，

没有谁能洞悉存在的意义。

马车似乎在证实消失的东西，

它们在另一个空间望着我们。

没有人告诉我，这马车的

奔跑是行将结束的仪式

还是尚未来临的开始。

我不能判定这是一种真实，

隔着火焰渐渐熄灭的念叨：

不清楚这马车乌黑的翅膀

是否正穿行于现实与梦榻之间，

唯有高悬于云层深处的铆钉

才听见了车夫那来自内心的

比黑暗更深更远的宁静与喧嚣。

霍拉山下的葡萄园

即将采摘的葡萄坠结在葡萄树的半腰

果农的妻子坐在三轮车一侧

后来，我想象了她的眼睛

葡萄核一样的底色、流溢出葡萄的光泽

和一双有着时光之美的手

这是一个安静的上午，我遇到的事物

都有着安详之美

红薯开着小喇叭花

沙枣挂满低垂的枝条，棉花就要开了

在一片废弃的葡萄园里

马匹和牛羊在低头吃草或打盹儿

这应是世界该有的样子

要知道，在静默的霍拉山下

每一粒葡萄

都是先知审视世间的眼睛

平原记

我到平原许多年了

住在一楼

连楼梯都不上

不知道还能不能爬山

走平地倒是挺快的

我当年爬山

只比坐电梯慢一点

毕竟腿跑不过电

我在平原回忆山区

好比在街边仰望高楼

我从山区来到平原

照样喝茶、饮酒与胃痛

对美食如对美女

怀揣一颗狼子野心

我会哼唱与热舞

最后，你获得盔甲卸落的舒适感
烟和酒气
在房间悬止，似星云
城市活色生香
一头火炬，将下午引燃

"仁慈和尊重很重要！"
附庸艺术者与过气偶像们，不许抱怨
谁将母题脱落
导致你走走停停
越靠近迷人的表达
你的腰肢越发恰当

无须编排，判断是主观的，气质而小众
总有人沉溺于绿色风衣的学院式旋涡
"我会回来，请你们学会涵淡的口吻"

不要冷空气

不要安放镜子

"我会哼唱与热舞

我有消除一切沉默与空虚的法宝"

通惠河忘掉了什么

通惠河忘掉的鱼有很多
我见过那么一条
波浪里的普通鱼，鱼中的好鱼
活的时候它下沉，死的时候它浮起

通惠河忘掉的话就更多
桥上人吐一句，桥下水接一句
在桥上的假话与水中的真话之间
我的耳朵倾听，嘴巴叹气

永恒的通惠河永恒地流着
走在左岸的来不及告别停在右岸的
躲在水底的来不及告别停在水面的

因为通惠河急着忘掉的心事还有很多
以至于通惠河忘掉了

自己正在被此刻的通惠河流过

我想原谅通惠河。

江非

我带着我

我来自山东省，我爱它

我爱过那里的三位姑娘，她们曾

像馒头一样冒着蒸汽，那气流

迷住我的眼和嘴唇

我到过很多的地方，在海上和岛上生活

在白天睡觉，夜晚才是我的一切

词语已黏住了我的嘴唇，我有说不出的罪孽

我见过死亡，那些比死亡更痛苦地活着

我带着我的太阳，带着一群苍蝇

我经过学校、鱼市和屠宰场

我的父亲希望我和他一起种果树

我的祖母希望我能看到远处

越过炊烟和红色的花椒树

我有手，没有冬天的手套

它们在我走过的雪地上放着

我的一切都还在原来的地方放着

我是一个孩子，在下午的玻璃上走着

我在一个古老的望远镜里，一里之外

我是一个黑点，此刻

我和你在一起凝视着

世界末日，我吃着橘子，翻着报纸

我记不住日期，我不戴帽子

迷乱的线团

知微撅着小屁股
趴在地板上，她在画画
这是鱼，这是大象，她说。
纸上有一堆线团
我看了一小会儿，想从中
找到一点鱼和大象的影子。
在哪儿呢，我说
——就这里呀。
呃……我确实没有
我为我没有看到鱼和大象
感到惭愧。
有时她告诉我
这是云、小鸟，甚至是小猪佩奇
然后发出"吭吭"的鼻音
这像极了的鼻音
也佐证着我的无知无趣。

云的聚散，鸟的飞行

都不过是在那团乱麻中了

我却什么也看不见

我带着那形象、那界限、那因果的重负。

但没有任何框框去框住她画的

一切仍是混沌，带着它

无尽的可能

盘踞在这乱麻般的线团中。

重读

仅仅是重读一遍《石壕吏》，
我就猛然间流下泪水。
想到自己的下一次早餐，
它被拴上神秘的锁链，
联系着世界上的艰险。
一切都已经过去了，
一切都是如此鲜明。
我将忘记人们的愤怒，
仿佛那是遥远的地名，
新闻和旋涡在窗口汇聚，
狭小的房间承受着积压。
他究竟讲述了怎样的故事，
多么费解，可是多么自然。
可是我感受到猛烈的风，
感受清晰的时间，款款而来。
"是你，曾经安慰过我的人。"

2021 年 3 月 13 日

月亮的逃逸线

怀想幼年与中年，我是一个逃逸者

而月亮也是，在夜空中照耀

见证我的逃逸史

我从少年逃到青年，随后逃到中年

我从乡下逃到城市，随后又逃回乡下

我一直在寻找一把刀

从前用来砍柴，劈木头

现在它用来解剖他者和自我

它是诗，逃逸的一部分

它是月亮，弯弯的轨迹，命运的逃逸线

一群人像我一样

曾经挣扎在自己的逃逸线上

从乡村到城市

从城市到乡村

过去，逃离乡村逃离贫穷逃离饥饿

现在，逃逸城市逃离肮脏逃离冷漠

过去，逃离父母逃离主义逃离乌托邦

现在，逃离钢铁逃离智能机器逃离摩天大厦

月亮的逃逸线是一个轮回

我的逃逸史充满宿命

一个早晨，我看到一群人在雾中奔驰

他们逃往熟悉而陌生的乡村

又一场雾必将他们淹没

姜
念
光

餐夜独坐，有所思

天，很久没有下雪了

我，很久没有喝酒了

毫无来由地想起喜马拉雅和云南

这么高远，又这么亲切

像是屈膝对坐，被一双金色的眼睛静静地看着

像是面朝神龛展开笔记，但是不写

像是有许多心里话，但是不说

像是寒冽的冬夜一块劈柴，挨着壁炉

在堆满书籍的书架旁舒服地烤着火

像是面包芳香，刚刚做好

我知道外面，是无边的月明地儿

马蹄声越来越清晰的时候

这时候，像是

雪有了，酒也有了

五十自遣

陌生人，我很早就知道，

你倾其所有，助我良多。

无论见或未见。

遇还错过。

你一直都不仅仅因我而在。

你更不是仅仅因你在而在。

我终究也成不了你希望或不希望的样子。

或者你根本就对我没抱任何希望。

我也没有成为我所希望或不希望的样子。

当然我一直对自己有基本的要求。

……真的对不起。

我一直想着要感谢你。

也许我真能写一首诗？

既是属于我自己的最珍贵的礼物。

更是此刻我还在继续工作的未知。

可我终究也没有写出来。

没有写出来。

2020 年 12 月 29 日，2021 年 2 月 3 日改

给美佳成人礼并题写在《查拉图斯特拉如是说》扉页上

"海在白天燃烧夜晚熄灭。"
年轻人，你头上黑发闪耀！
那曾最接近太阳的峰顶，
现在却像冰山浮在这本翻开的书页中。

2021 年 2 月 27 日

关于我爷爷打败谷歌地图这件事

从前人们信赖脚
我爷爷，1953，负剑下云南
深山饮冰水，鞋带系成无名河
手绘地图缺氧，白茫茫大地真干净
彼时草木佚名，人造卫星尚未发育
路是走过才敲打出形状的神像

后来天空不空，挤满千里眼
穿金钟罩配太阳能铁布衫
局部拥堵，前方掉头
比例尺愈小愈密
绣花针针脚功夫四方不败
爷爷老眼不敌谷歌，梦里梦外都迷路汗涔涔
地图精度不断上涨，像潮水汹涌
我的爷爷是迟钝糊涂的那一浪
是被一个指尖点击打下去的那一浪

江湖快意恩仇，时代从不信仰慈悲

最后那个夜晚，六尺病床化身青竹

凭此一跃，爷爷纵身入无极

回到寂静的那边，回到万物恣意

蚂蚁亦可仗剑行走的那边

回到了那边，谷歌地图决其眦目都难再辨踪影

我抹着眼泪高兴，纸上扎马步

在又小又细的墨迹里

练习爷爷最后教我的隐身之术

空山

那些飞进空山的鸟。消失了
那些踏进空山的人。消失了
那些水神、酒神、谷神、云师、风伯、雨师
走进空山就消失了
我蹚过小桥，齐膝的荒草
我也消失了

只有祖母在找我，着急地找
一棵树挨着一棵树找
她挖开那些土堆，密密麻麻的坟墓
喃喃自语，"这么好的孩子
这么好的，消失了。"

敬
文
东

一年将尽

洗去砧板上最后一点污渍，又是
一年将尽之时。那污渍
是给上学晚归的女儿做菜时
留下的瑕疵。

它不是污点，它不过是
生活的叹息，倾向于转瞬即逝
我在心中暗自唱了个肥喏，郑重地
为它送行。

它刚走，女儿的短信即来：
"我已到紫竹桥，你可以开始炒菜。"
无用的书生旋即分蘖为有用的厨师，
油盐酱醋、姜蒜葱花

爆炒、生煎和提色。

盛盘完毕，钥匙入孔的声音
响起，女儿像一阵轻风
吹散了她脸上冻僵的红晕。

一年将尽之时，餐桌上
有热气腾腾的回锅肉，还有
西红柿鸡蛋汤，像是唱给新年的
肥喏。

K

琴声

周六的下午

对面六楼会准时响起

钢琴的声音

她被声音虚构着

琴键上跳动的手指

掠过虚拟的夏天

蝉鸣过于紧张

树梢略微颤抖

我听见一片树叶空投进入

虚无的韵脚

一瞬间，我被夏天所爱

我被绿色流水中的旋律所爱

我被这巨大的虚无所爱

每一个路过的人

都可能被她俘虏

她是一个抽象的国王

随手布阵

那些失眠的耳朵

迷路在夏天的宫殿

有时，琴声也会突然停止

寂静，让空气发出轻微的叹息

时间如同沙漏

琴声和她的手，把那些断点

连接

我爱这虚无的时间

和时间深处看不见的手

然后便有声音，开始呼唤失踪的羊群

好像百年没有回到故乡

变得这么苍老

老人们留着白发

认不清我的身影

有些来不及瞧我一眼便离世归土

他们的灵魂被山鹰送回天堂

异乡的孩子已成家立业

村里的火塘再未炊烟袅袅

满山的杜鹃花再没有牧人的赞美

失落的眼泪

深深刺痛了我的骨里

然后便有声音，开始呼唤失踪的羊群

蓝
格
子

成熟的苹果

在她分享的民谣里

有一首叫作

《当苹果成熟的时候》

略带忧伤的曲调让人产生联想

成熟的苹果应该是什么样的

红和甜是必不可少的吗

但事实上，它也很可能是绿色或者黄色

色彩并不能代表什么

当苹果成熟了

似乎是在讲述一个时间段

描述一种状态

她以为，它会是在苹果树的枝头

或是超市里、茶几上

在任何一个它应该在的位置

而现在，一只成熟的苹果

出现在一把椅子上

看起来不合时宜，不可理解

可成熟不需要我们理解

椅子上的苹果也是

正如一首歌

有人喜欢，有人不喜欢

人始终生活在这样的局限里

从耳朵到眼睛

她试图在一首歌里窥见它

一个自足的成熟的圆形

没有井口。没有沙漏

没有井口。没有沙漏。
我没有为时间田野种一垄
可以骑上逃走的棕色马。

孩子们，晚一点出门。
带上伞和一颗准备好破碎的心。

清晨林子里的薄雾
传来一阵悲伤的歌声。

等天黑回家，
我将不认识你们——

褴褛的衣裳，粘着土屑的嘴唇
带着你们所经历的这个不可思议世界
全部的风浪。

你没有

你没有一个
可以求助的上帝，
也没有一个在半空注视着你的
仁慈的佛菩萨。

有时候你奔向田野，渴望
麦田给你籽粒金黄的思想，
玉米赐予你翠绿的沙沙作响的思想。

沿着麦浪涌向地平线的尽头，
你能看到天边，以及更高处的宇宙。

它们忽然出现，为了使你
在辽阔中看到它们的辽阔，看到
被麦田和青纱帐所表达的秘密和澄明。

难道你不也是其中一个？
和无数株麦子、玉米，无数的人
构成世界的生死寂灭、诞生和轮回——

白杨树把头伸向虚空，
而瀑布从高处跳下，跌碎在大地……

在一个不合拢的梦里，你的疑问
访问了它们——作为一粒种子的
初次上任的女秘书，你又一次
耐心等着春天，以及还没有出现的
某位佛菩萨或上帝。

但总坐在河边

一个不喜欢钓鱼的人

总是坐在河边

他的忧伤

显而易见

河里有许多秘密

他不曾知晓

也不想知晓

他在河面上

看到自己的影子

像水里活着的

另一个自己

上不了岸

又不能

远离水的诱惑

我们始终不能停留在某一刻

西山脚下有一群白鸟
在练习飞行术
忽高忽低，回旋反复

那片屋顶被它们不断抛弃又
不断占领
我用一个上午的时间看书、喝茶
其间，我有几次短暂的远眺——
一只鸟曾与我两眼对望

我承认，我贪享生活中
诸如此类的片刻欢愉

我们始终不能停留在某一刻
它们轻轻拍动翅膀
又在组织新的一次飞翔

割胶时间

不能等到太阳出来

见了光，橡胶树会如梦初醒

割开的地方很快结痂

要割，就须在黑夜里进行

年幼的树朝气蓬勃

像十五六岁的少年

要割，就先选它们练手，重活放到最后

那些老树反应迟钝，皮肤粗糙

流胶的速度也慢多了

但它们已被训练成动物

像活熊取胆，见到刀，会主动挺起受伤的腰

李
海
洲

夏天的风头梅

山峦披着低密度的醉意。

整条路快要变成酒！

风在发酵，风被夏日的杨梅园催熟。

整个世界因你的孕期而眩晕，腐朽

阳光提取的糖酸漫过天边

空气中遍布着再婚的味道。

成熟的结局就是坠落。

风暴来临，孕妇站在六月最高的枝头

回望暮春粉白的火柴

怎样慢慢擦亮夏天的灯笼。

高处难于侵犯，但摇晃在所难免。

青枝易碎，攀摘是另一种伤害。

离尘的优秀属于天空

只有飞鸟和闪电爱上过它。

风头正紧的日子；偶尔会有惊雷

寂寥的前奏仿佛带着神示。

当杨梅落地的声音传来

瓜熟后的结局，蒂落是多深的疼痛

用内心的泉水去解散夏天！

杨梅园里，很多人想起这一生

尽管没有在风头上站过

但命运摇摆，依旧看不清落花流水。

李
浩

昴星团时刻

（给 H.Y.）

兔子在草丛里，至高的喜悦，

使大地上的篮子，装满奇迹。处女之光，

如同该隐的兄弟。信阳多雨，

     多余的心，固守着山、湖的

     河堤。剥了皮的风，不能逃避，

季节明媚。昨晚的浉河，像不明之物在秘密中

保守的肉体。明亮的雪线，

闪过鸢尾，荆棘丛和睡梦中的听力。

     誓言和暴风雨，

     好像跟随我的，巨大的，

无数个世纪。我潜进开放的湖底，

你朝向雪山。混沌在种子里，

透明的审视和蜂鸟，不尽扭转山峰。

李寂荡

疤痕

水火无情，却又须臾不能离

四十九年，各样的河流中我从未遭遇过不测

我见到过大火烧毁房屋，见过战火蔓延

但于我而言，水火无情只是一个抽象概念

火焰从未抵达过我的身体

这个春天，我在煤气灶上烧口罩

手背却被火焰狠狠咬了一口

熔喷布粘着皮肤一起燃烧，吹不灭

拍不掉，直到开水龙头冲刷

皮肤烧掉的地方露出了鲜红的肉，

像身体的破绽。痛倒是忘了，

伤疤却像一枚枯叶蝶停栖在我的手背

时时在眼前，提醒我存在的残缺

我反复地用疤痕膏涂抹

想将凸起的疤痕抹平，重新长出皮肤

我反复揉搓的只是我的内心，要像

眼睛能容下沙子一样容纳这疤痕

接受它是我身体的一部分

如同我已被篡改或不可篡改的命运

将随我度过余生。三十年，

或四十年，如果我能寿终正寝

整个人将被一炉烈焰吞噬，包括骨头

这一块疤痕也将与我同归于尽

它的存在也是短暂的，正如我的存在

风景与字

有一个"无"我渐渐从周围分辨出来，
在伯劳玲珑的鸟体中，它全身
从不安静，给一片水面和灌木
带来不确定的测量之尺：从这儿
到那儿的距离，缩成一个小小的心脏，
那波纹，无风自动，打印在晴朗的纸上。

我背负一种变数尽量避开人群，
而往闲置的风景中走，我用字
联系我需要的一切而保持了消毒：

"山"是篆文的，并列的三个山头；
又是"艮"止的（作为卦象）
暴露头顶的烈日和胸腔以下
泥土的性质；"水"的中心是硬的，
两侧是柔的……这些看见的，

可以上溯到商代的祭司

之眼。一些抽象的字，比如："然、否"，

火焰点着了、口不能言，意味着生存或死亡。

而"生"即性、本性。"死"

是有礼仪区别的。在我的观察中，

"无"燃起火焰，成"炁"。

2021 年 1 月 20 日

李
黎

一团篝火

一起吃晚饭的人

有导演、编剧、小说家和编辑

导演没有一部电影问世，编剧也是

小说家没有写出想写的小说

或许有，暂时存放在某处

编辑编了很多书，自己不看

希望别人也不要看

但一起吃晚饭的人，确实是导演

编剧、小说家和编辑

这一切没有疑问，如果让时间加速

像火一样燃烧，那么，他们的身份

不再重要，重要的是，他们参与了燃烧

李
轻
松

想起河西

我从未如此认识过大地，它贫瘠，瘦弱

怀抱着一个奄奄一息的孩子

她以干裂的嘴唇亲吻，以枯枝的手抚摸

她的体内却有哗哗的经血声

每月来潮时，都是月亮丰盈的时辰

她最易受孕。一把硬骨头里的阳光钙质

那旺盛的生殖，被秋风吹动

石头、羊群、沙砾都是她的儿女

在通往西天的路上，她喂它们骨血

狼烟和经卷。她比浮尘还轻

比祁连还重，乳汁比雨水稀薄

那瘦骨里孕育、皱纹里着床、沉疴里生长

都被一场盛大的分娩赋予了神性

直到只剩下最后一口气

只剩下一粒青稞，一匹马，一双儿女

平凉的星空

黄沙、黄土、黄石、黄岩
黄世界里走着一头头结实的黄牛
它们坚毅的步伐，深沉的哞哞声
泄露了厚重的黄土地隐忍缄默的精神

野草、野花、野兔、野鸡
野外的山谷里奔流着一条野溪
溪水清亮，溪边马齿苋肆意铺展扩张
显现着蓬勃的压抑不住的生机信息

在平凉，我每日里在崆峒的清静中
和南门美食城的夜宵烟火里转换
我恍惚自己是古人，又是今人
身处秦汉，又置身二十一世纪新时代

在平凉，无论我见识过多少沟壑纵横

体验过漫漫风沙带来的何等孤寂和荒凉
只要仰头望见无数夜晚呈现的绚丽星空
那没有一点杂质的纯粹的满天星斗
我就能推测和想象与之匹配的异样辉煌

李
曙
白

沉默的一群

这沉默的一群
这桥墩和中心广场上雕像的基座
一样
沉默的一群

他们散落在这座城市
在一幢幢板着相同面孔的楼群深处
在树荫深处
在淡黄色的街灯和霓虹灯灯光的深处
在早点铺的嘈杂和菜市场
讨价还价声喧闹的深处

他们不抬头看天空
他们与星辰从没有交集

这沉默的一群

他们沉默地搬动石头和木块

他们在建造

另外一座城市

柴房

房门半掩

暮色走进

土泥墙和木屋顶

一只吊着的灯泡

吱吱作响

把世界涂成冰冻的黑白

一排排的木头列队

你拿起火柴

在锅下点燃所有黑夜

如同多少年前

原始的人们燃起篝火

手舞足蹈

我们和他们一样

围着火焰取暖

在柴房里

望着火光

被火焰灼烧

一干二净

我知道在这柴房

火光是另一种月光

李
郁
葱

漫步在露台上的蜗牛

从何而来？我迷惑于事物在执念上的枯索
它近乎于一种虚无的命运。

缓慢爬动，在不可能的高处
偷渡
或者来自飞鸟的残痕？一口大地的唾沫
光之斑驳，它一样有小心翼翼的触须
沉浸在那片段的风中，如果我
多日不曾涉足，而叫不出名字的野草蔓延
甚至还有一株树的兀立
这偶然给予你悠悠白云的倾斜

多么像一张透明的脸，有着世上
最深的饥饿：恐惧、喜悦，失去，以及获得
书读过但不知其意义所在
它醒来，在草叶之间

一开始有一条醒目的痕迹稍后被雨所洗净

那间隙里楼下有突然的争吵插入于

无相之相。大象的脚步

于是我一脚沦陷于它内身的春秋

几乎没有来过，如果它是倾听的耳朵也已经

远离大地：这尬得用水冲洗

几乎没有发生，几乎没有凶手，几乎没有消失

李
元
胜

毛边书，或缙云寺闻《九溪漫步》

午睡，在一本喜欢的书中
我拥有的空地边缘全是灌木
就像这本书，边缘全是毛边

溪水经过
就像九种命运，要在此刻经过我
只有一条突然欠起身来

它认出了我，缓缓地围着我旋转
以深山里的方式打量我
辨认着我身上的深潭和飞瀑

很久，它才离开
继续自己的旅行，惊讶于
我的木讷，我的无动于衷

我的木讷，是另外一种老泪滂沱

甚至更老，更滂沱

我已经有了

这么多的不敢相认

唉，每一次相认

都让我们各自的旅程中断

像这条溪水，退出这本书

退出空地，退出灌木

回到各自挣扎已久的宿命中

漆器　从童年时告别

九岁前，老家正房长久立着
两个大漆柜，一个黑底，一个绿底
我时常盯着它们身上的图案

只有它们连通时间远方
一线光冲开封闭山村
世界腾空于立柜
并穿越我

九岁迁移新疆，两座漆花立柜
从我生活消失
斑驳记忆——一身来自
清末民国的手工
作为我最早美学启蒙

花朵，云层，人物。这些模糊形象

与日后马王墓的升天图重叠
也与文艺复兴早期
拉斐尔的基督飞升画相映照

触摸它们的光影，眼前浮现
遥远故乡，那俩漆柜据说
已经斑驳，看不出花纹。甚至
成为柴火，成为尘土

只是多汁的泡沫，无法消散身上的浮尘
记忆刻印根底，四十年后的清晰记挂
它们在我身体里的投影继续漫长行程

甚至只有继续对着家中一个紫红色漆盘
才能释然童年那份散失——
那是购置于马王堆汉墓所在的湖南博物馆

让我有充分时间
真正研究它们的纹理，那些无法具形的曲线
鱼身一般的扭动。旗幡在高处
引领升天之路。

挣扎在底层的人们

奔着光，那层救赎的光

并不遥远，充满安详

李
壮

你知道吗

一座亭子为什么会出现，你知道吗
一座亭子为什么要出现在高的地方
你知道吗。它的飞檐总是尖锐地翘起
是想刺痛些什么东西，你知道吗
还是说，那是事物内部烧毁后留下的蜷曲
那是它爱自己
那是它恨自己

说到飞檐，无论何时我从山底看去
都只能看到四只角中的三只
这是为什么呢你知道吗。你不要说
那些我早就知道的话
我知道欧几里得知道，但我更知道
他答不了我真正想问的部分，例如

那被藏起来的一只角

究竟在试图保护什么东西。

你知道吗？此刻的我正独自走在亭子的脚下

正沿着马路，陪一只马陆散步

它形似蜈蚣，披着一身

虎结石般的黄黑条纹，骨子里

却是那么温顺，我曾经允它吻过我的掌纹。

你知道吗它有那么多的脚，但它想说的话

一定没有它的脚多。这你肯定知道。

那么现在还是回到亭子。建起亭子的人

只有两只脚，但他却一心想要爬山。那么

他到那么高的地方去寻找什么，你知道吗

他的心里是有多么多的话才需要建一座亭子

你知道吗。到底是什么样的话要说出

又不愿让世界听到，才需要

把亭子的四只角从眼中藏起一角

才需要把亭子建在那么高的地方

才要在建亭的人成为古人以后

还翘着它烧卷了的飞檐

我不知道。我只知道亭子就是一种形式

是并非人人都需要的那种

即便对此我仍然不能准确地说出

——但我知道

冬至夜的舞蹈

她跑进来，说要给我跳一支舞

然后在音乐声中找到自己的节拍。

唱词告诉我这是一个雪天，

有几颗心要跟窗外的雪人握手，

后来阳光洒下，雪人就融化掉了。

表达失去、遗憾，她的手和腿做到了这一点。

她的喉咙有点沙哑，不停地清嗓儿

生怕别人听不清，主要是怕雪人听不清。

窗外黑漆漆的夜色，一定让她的舞蹈

情绪更紧张。但雪人的存在，哪怕只是

精神上的，都让她得到过片刻的愉悦。

这是一个练习失去的夜晚，地板上

儿童拖鞋敲击着。当她还没有失去过什么

她已经暗中为自己积蓄了悲伤的准备，

我说我要为她的舞蹈鼓掌，也为了

那个忽然消失的雪人而鼓掌。

梁
尔
源

虎跳峡

之所以来虎跳峡

真想抚摸一下人间那道伤痕

究竟有多深

也想领略一下温婉的水

是怎样将悬崖

撕裂出魔鬼的嘴脸

望着对岸那只

蹲在黑岩上的虎

多么安稳，多有城府

就像金沙江默念的那句经文

那痴眈眈的眼神

是惊天一跃的伏笔

浑身的骨骼已咔嚓作响

但仍匍匐得如此草木不惊

心想，要历练出

此种大象无形的心智

不知要嚼咽多少乾坤

不知要吞食多少豹子胆

2021 年 7 月 13 日

梁
平

重庆

嘉陵江断句在重庆，
十七道城门八闭九开，收放自如。
东水门望龙门翠微门太平门人和门储奇门，
金紫门凤凰门南纪门通远门金汤门定远门，
临江门洪崖门西水门千厮门，
与恭迎天子的朝天门，
抬举了一座城。

巴蔓子将军一诺千金的头颅，
高昂在舒缓的水上，每声汽笛都是致敬。
邹容路革命军中马前卒剪了长辫，
齐耳短发成为最美造型。
较场口刺骨的风从水上吹来，
"四君子"刺刀下的呐喊，
凤凰涅槃，风起云涌。

陪都的曾家岩、红岩村不眠的灯光，

就是航标，天上的星星掉下来，

在水里汇成浩瀚的银河。

心心咖啡店、沙利文的接头暗号，

在狼狗和大皮靴的缝隙交换。

被江水包围的大后方，

在水之上。

天子没来，人民托举的解放碑，

依然是上清寺和密集高楼群的仰望。

水路不改，岸上的纵横交错，

记住上下左右比东西南北可靠。

水锋利了重庆女孩的刀子嘴，

刀子不伤人，有点痒，

痒得舒舒服服。

一座水滋养的城市，天生的干燥，

正在消解，江北江南的倒影，

写在水面的魔幻现实主义，

重庆的大片巨献。马尔克斯如果复活，

如果走一趟嘉陵江，孤独的百年，

因为流水而一减再减，

不说再见。

春风的列车

隆冬的中华大地被一双筷子夹起

金属的触感是阳光下的战栗

鲸吞与蚕食曾为此得意

高山大河与儿女，一同被铁蹄胁迫

长歌恸哭，为何在故土之上

我们要背负侵略者的歌

将镰刀与斧头举过头顶

浩渺的江波孕育了一艘红船

捍卫，是七月时节挥汗如雨的笃定

一百年的光阴

见证了几代人的英勇与开拓

白杨在北方，以壮士的姿态

红棉在南国，以英雄的名义

如今，这片富饶的土地

只容许以先烈的鲜血和热望铺设和平

锃亮的铁轨正运送着三月的油菜花

以及春风的列车

梁
小
斌

端详

在那忘我耕耘

被我虔诚地摆放田埂上的

那只黑色陶罐

陶罐内含

稀粥如影

南瓜方正如印

还有荷叶

摆放几把黄豆

喂养亲爱的耕牛

我和耕牛共同商定

泥腿蹚过水田数遍之后

就可享用

各自的早餐

只要早餐在那里

我和耕牛看上去是在犁田向前

我心里明白

都在围着广阔天地打转

田埂上的那只黑色陶罐，终于

悬挂出一根黑豆角

像活着一样在风中飘摇

那只黑豆角

形状鲜亮

滋味很鲜

但广阔天地的生存原则是：

先劳动

后吃饭

是那忘我耕耘的岁月

将我锤炼

从此我变成一位

端详着咸味

就能喝下稀饭的人

在神圣的夜里从一地往另一地迁移

在神圣的夜里从一地往另一地迁移
　　　　　　　——荷尔德林

出走密林的象是她的愤怒
凭一己之力不能索得玄珠

象罔，登上破楼，骑一朵白云
坠落于三十二年前的海

玉米踏碎，黑白电视播放
玄珠的沉默中，象与象群
集结、迁徙、游荡在夜晚

夜之密林站立的稻草象
置象的出走于无心

大海迷失于玄珠，夏之象群

走向北方。沿途之胜景

爱与痛让人们追随围观

泉水不在耳际回流

黄昏最后的晚霞消逝后

象群的等待中没有响起

那约定的鸟鸣

心脏被油脂包裹

四肢衰弱无力

双眼的视力模糊

她的象已年迈失忆

落入囹狱

不曾见过北方的海

尽管她的愤怒早已抵达

2021 年

蝙蝠

我飞给黑夜看，飞给孩子看，我甚至成双结对

飞出一种斜翅的姿态给爱情看。

但

我不飞给人看

我不在白天飞，

我把身体

倒挂石壁，

我习惯倒过来看人

人的脚

会小心翼翼偷偷反对他们的眼睛

我倒挂，我看得更清

我祖祖辈辈都把头颅深深下垂，我不想说：

我们谦逊

我们小心

在暮色里飞，在墓碑上飞，在荒坟

与清冷的深山里飞

多少年来，

我们一直一直努力拉开与人的距离

拉得还不远，此刻

又被你们的嘴唇冷冷提起

林
白

植物志（节选）

寂静降临时
你必定是一切

一

无尽的植物从时间中涌来
你自灰烬睁开双眼
发出阵阵海浪的潮声
在火光中我依稀望见你们
那绿色的叶脉灰色的蝴蝶
一同落入黑暗的巢穴
年深日久
你们的星光被遮住了
越过水泥丛林我望向山峦
你们开始上升
那一群水牛在哪里

丘陵般苍灰色的牛背

移动着，成群结队

二

如此遥远，如此痛切

木棉花，你疯狂的热血

浇灌了无数代疯子

在三月的北流河边

木棉花彻夜高喊

声如激水，如震鼓

凤凰花也是

鸡蛋花也是

还有巨大的乌桕树

我从未见过它满树花开

但并不妨碍

它们早已消失的彩色羽翼

在夏日的风中回响

三

无穷无尽的植物

在时间中喃喃有声

籺鲁何时吹响了"喃哆荷"

中元节早已被它抛弃

往时的鬼节七月十四

籺叶卷上竹筒，状如喇叭

掌上的花轿也已飞离北流河

屋背与塘边有始无终

肉中的纤维曾做成红缨枪须

操场上的红缨已褪色

籺鲁曾做过麻绳

捆着时代翻过七座山

水泥加籺鲁压成瓦片盖房

雨水也已找不到它们

听闻它已转世为籺勾枪并找到了鸡蛋

籺勾枪嫩叶煎鸡蛋，一道时令菜

籺鲁或露兜籺或籺勾枪

叶状如长剑边缘有刺

硬，也柔软

叶边细刺削掉，足够编织一个世界

四

剑麻比菠萝叶更像一丛剑

开花，如一串铃铛

明亮的月白色，于夏日醒来

在夜晚照亮晦暗的龙桥街

捻子的学名叫桃金娘

生在坟头至多的田螺岭

既不桃红也不金色

它们热爱棺材坑

无名的尸骨养育了它

待果实由红变黑

它们和米二酒在一起

浸成蠢蠢欲动的补肾酒。

牛甘果像玻璃珠

硬而圆，酸而涩而苦

与盐缠裹腌上数日

当蜕去青色的皮

强烈的回甘焕然一新

甘夹子味如酸苹果，仅拇指大

我至今不知它是藤本或木本

它在竹篮里，不按斤卖，论唛

两分钱一小唛，五分钱一大唛

五

凤凰木，我逐年失去了你们

操场的两棵，校门外的三棵

那枝条欲飞的架势

以及凤凰花金红的颜色

那大刀式的豆荚

坚硬的棕色累累垂下

火焰的力量凝聚在空中

以及游戏，小学新校舍

模仿英雄故事里的大铡刀

外号"猪仓"的女生

她成为五分钟的刘胡兰。

在干燥的风中，凤凰远赴

开罗与那不勒斯

在异邦遇见犹如晴天霹雳

眨令变蚌界，闪电变彩虹

但在此处我失去了你们

北回归线以南

在滚滚的热浪中

曾经繁茂的，那豆荚

那锋利的歌喉

六

龙眼出现在我两岁

它在手心满满一握

透明、滑溜、甜

世界浓缩，闪闪如珠

我用手剥开，龙眼变成桂圆肉

一簸又一簸，五分钱一簸

荔枝头顶烈日，在六月

脚穿白铁桶的大靴子

自荔枝场铿锵前行

从东门口西门口到水浸社

荔红色风暴与太阳雨交替

它们成群结队倾泼甜汁

为防止头晕

透明如玉的甜果肉要加上盐

这莫名的古方我至今不解

但给我早年的微醺吧

给我沙街与林场，甜度与河流

给我早恋的无边禾田

早熟的崭亮夏天

欧律狄刻

　　——致敬达菲

事实上，她在期待

他的回眸。像一只打水桶

欧律狄刻，满载水和焦渴的重负

得以失脱于一双有力的手。

力量已经毫无意义

她的决心得以呈现，

而她下降的速度

使他成为消散的那一个，早于多年后

被风暴般的女人们撕碎的

葡萄酒色傍晚。

她看到他的嘴巴大张，惊诧的"O"

像当年在阿尔戈号上胜利的歌唱；

仿佛狂风中的沙塔，他金黄的颗粒

无力而且无措。

她知道自己从不属于他的任何：

围坐脚边易碎的少女，瞌睡的猛兽，来自光明神的

七弦琴的守护者，致谢辞中大写的字母

荣誉共同体……她的疼痛嘹亮

甚于他的歌声，但只有蛇知道。

而当她终于没入大地，蛐蛐、金铃子、青蛙的

鸣叫繁星般从她身上升起

她获得自由：

不再被俄耳甫斯的歌声要求

被耳朵和目光塑造。

我的同事

死了三年多
他的房贷还没
还完
他儿子六岁
作为继承人
被带到另一个
男人家
那个男人接手了
他的妻子与儿子
维续
还他高额的房贷
仿佛他
还没死
又换了一个身体
仍扛着沉沉的担子
在人群里

一声不吭

闷头赶路

空空荡荡

去年九月以后，你回老家的次数
比以前明显增多
但没有用了，你见不到父亲了
他躺在两公里外的盒子里
只有墙角的照片
证明他曾是这个屋子的主人。
当然他也可能晚上回来
像以前那样择菜，做饭，然后
斟半杯酒，心满意足地坐在餐桌旁
但是你看不见了。
每一次回去，你都会找理由
进他的房间，比如找棉签、指甲钳
或者看看有没有好吃的水果
实际上你什么都没有做
只是在里面发呆
去年天冷的时候，你习惯性地

打开他的衣柜，找被子

并且真的找到了一床。

平时你和母亲聊聊天，浇浇花草

草草吃饭，看一会儿电视

就上楼睡觉了。

父亲走后，你才发现

除了时常回家

这世上没有多少重要事情。

刘
棉
朵

我们已经啃着甘蔗相爱了这么多年

不管我有没有一双新靴子
不管我的靴子上有没有一个小马达
我都要去找你

不管你是在西伯利亚的寒冷中
还是撒哈拉沙漠的沙丘上
不管你是一个漆黑的徒役犯还是一个蓝色的船长
不管到你那里的高铁、高速公路有没有铺好
不管春天的天气适不适合起飞，我有没有一支高耸的
避雷针、浪漫的降落伞
我都要去找你

什么都不能阻止我去找你
在我活着时就要去找你
我都要去爱你，要开着一辆火车，带着一火车的地
图、蒸气去找你

要骑着一只天鹅，带着它的美与美德去爱你

不管到你那里的道路是否漫长，不管你是在一首美好
时光的诗里
还是在一张老年的病床上等着我
不管你还能不能认出我
我都要去找你
只要我的鼻子上还有一口氧气，我就要去找你
找到了我就住下来不走了
不管我们还能不能啃动骨头和山谷

因为我们已经啃着云彩、电话线、甘蔗相爱了这么多年
因为我们已经啃着药罐一样苦的日历、里程和甘蔗相
　　爱了这么多年
因为我们啃着药丸，啃着盐，啃着黑夜和甘蔗相爱了
　　这么多年
我们已经啃着多年的耐冬、墓碑、墓碑周围的青草和
　　甘蔗相爱了这么多年

渔歌子

快递员骑着摩托，几经周折，找到了收件地址
白鹭有几十只，灰鹭有两只，人却没有半个

等不起你，我们到青溪收卡来了
渔娘在手机里说：包裹挂在第三棵乌桕树上就行

刘
向
东

炕上的老玉米

土炕上的老玉米
远远超出个人化历史想象力
是在伯父的茅屋倒下三年之后
玉米苗钻出了塌陷的土炕
尖尖的，锥子
一把从炕席里钻出来的锥子

玉米粒不发芽先扎根
扎在他睡过的炕头的位置
小苗先放开一个叶儿
试探是不是倒春寒的春天
两片叶子便担起一天风雨

长到一人高
如雨后新竹一样拔节
但没有节外生枝

还在根之上生出气根

就是雷电也没能把她放倒

长到胳膊粗

开了花，开了怀

怀抱头顶红缨子的娃

红缨子像是红头绳儿

紧紧搂着，抱着她的独娃

还是担心风吹雨淋

一层，一层，又一层

将娃儿包裹起来

土炕上的老玉米

我是说当下，她老了，娃也老了

山风开始为干巴叶子歌唱

红缨子变成了一堆白发

归来

春日的泥土总是新鲜的，即使它通往墓地
我们踩着雨水往回走，像踩在大地的血上
风吹过路边的树，将树的倒影
存放在最近的雨水里。扫墓归来
每个人的脸上都落着一层乌云
雨水在替我们哀伤已故的亲人
我们在茶几前坐下，没有人说话
玻璃杯里的白开水，散发着热气
静默。没有人喝茶。
也许我们的一生，都像在水里
先活过积雪，暴雨，再活过自己的泪水
直到别人用泪水，将我们归还给土地
想起晴天里，阳光将影子安放在我们身后
是多么难得的时刻，我们用自己的阴影
证明自己活着，又在夜晚用深沉的梦
深信自己也同样活在死亡里。

所以它们是大象

短鼻象群不爱假设，它们的呼吸自带光芒——

如果天总也不亮，那就摸黑过生活
如果发出声音是危险的，那就保持沉默
如果自无力发光，那就别去照亮别人

大象若爱假设，它们就更爱假设的矛头——

但是——不要习惯了黑暗就为黑暗辩护
不要为自己的苟且增设栅栏
不要像旁观者一样为向北的大象隔靴搔痒

一个活出了自我的族群，配叫大象
没有辜负伟大的坦荡，所以它们是大象

张爱玲故居

总是　想起那些

似乎与我无关的事物以及

一滴昨天旅行到今天的雨

你　微微仰头叉腰的黑白照片

提示的不独包含故居的庭院

像是人间都"低到尘埃"

从二十世纪书架取回你

装帧精美的《小团圆》

那些蔷薇们的蓝色情欲

被书写在堕胎的圆寂的星夜

你唰的一声划落了

你默许了猛敲你印戳的女孩

125 元一枚的印戳是你作为祖母

留给超短裙和蝴蝶的物质生活

只是　你桀骜的头颅

像是对重组的故居继续

保持了一贯的不屑以及轻微的抵触

诗人蒋立波在一首纪念你的诗中写道

在别人（胡兰成）的故居

你的照片"看上去像是陪绑"

牵牛花的午后

我在你挪移的庭院驻足

目测似笑非笑的咖啡溢出与

楼宇情绪　你　之间的距离

从静安寺到常德路五号

我已触摸某种植入墙体的斑驳荒径

而导航一直提醒：

你已偏离目的地

现重新为你设置

一把白塑料躺椅嘲讽于庭院

我　落叶以及垂着的藤蔓

一起坐进去

而你　始终不为所动

绝壁之间

汽车行驶在万仞峭壁的走廊
两旁是直削而立的绝望

崖壁上写满了洪荒的锈迹
石缝间生长着少量新绿
偶见一簇黄花，摇曳前世今生的恍惚

从车窗探出头，仰角接近九十度
才能望见窄细的天空
大地以石壁做梯子
直直地通向至高的深渊

唯有行走在这样的绝壁之间
才会触碰到陆地的根须和苍穹的睫毛
地球历经了多么大的苦痛
才铸就这眼前的崇高

人到中年，别再跟我谈什么江南
早忘了忧伤为何物，此时我正独行太行

罗
维

灵与肉

我们是同一个灵魂
两个碎片下的
肉体

我的声音
你的思绪
你的音符
是我的面具
我在无底的黑色悬崖
收集着你的恐惧
悲痛被刺穿
我鲜血淋漓

你身着夜的斗篷
将我覆盖
暴雨中

披风下的我

有了放声哭泣的权利

我迷失在

你声波的彼岸

你和声的颜色

给了彩虹

一个离开天空的意义

游荡的灵

被加速的节奏

粉碎成了一片一片

不甘的尸体

颤抖

在残余的灰烬

在冒着热气的枪口下屈膝的

在浴缸里惊恐号叫着的

在愤怒中失声的

在纵欲极乐中沉沦的

夜里被猫头鹰啃食的那一个

还悬挂在城堡的大门上

是谁

将

邪恶

狂怒

畸形

死亡的种子

洒满了这片荒芜

洒向了曾经鱼鳞闪烁的小溪

用温热血液梳妆的是谁

弯月屠杀婴儿的是谁

将地平线插满腥臭的花朵

太阳握在手心的人

又是谁

听

白键和黑键正窃窃私语

无限与有限的延伸

是你伟岸的臂膀

我的无望

在你早已干涸的海洋

轰然决堤

在你遗留的气息里

我小心拼凑着你的模样

隔着光的距离

我却看见了完整的自己

因为你

我不再是一个无意义的存在

我不再似某个飘荡在不知名国度的幽灵

我诞生

无声的宣言

大树　大树

将军一别，大树飘零
河水潜藏，石破天惊
世上菌压，鸟走虫传

大树无华，是表象也是内在
它有低垂下来以根治愈的背景
也有它分散向外巨大的野心

我说的是那种隐秘性的修炼
它用失去华章的外表保护
自己，变成一棵没有童年的树

一百年了，它把自己的虚荣尊严自卑
和傲慢搭配得恰到好处
让每棵树都以为自己是它的一部分

吕
德
安

一棵树

想想吧，当一棵树摇晃
累累果实中间
便有一个孩子在摇晃

想想这个秋天的孩子摇晃
叫那蓄满一天的雨
尽数洒落，毫不吝啬

想想他正在哑巴似的
让一场固执的雨
逐渐变得稀薄……

想想冬天，当孩子消失
而树会自己融化
中间满是空缺

它先是掉下一块

不到巴掌大，就像乌鸦

嘴里的那块肉

然后是一棵树的雪崩

和一天的遗忘

而生活仿佛仍在原处

继续掉落东西

那东西快乐而茂密

像谎言

还少一步

我心灵的舞蹈者感到了迷惘。
可能是我的脚步出了错：
哟！你不要只是指责，
不要追问我何故停下——
在阴暗的岔道口。

我对我的悲伤叹息不止，
但对心灵的舞蹈者应全力以赴：
欢跳吧，就像星星在星星上面，
在该死的遗忘上面——
在阴暗的岔道口。

拉黑

翻脸后，指尖一点
那个可恶的名字
他就在手机屏幕上彻底消失
从此只敢在梦里偷袭

如果梦不能设置拉黑名单
就把梦也拉黑
砸掉精神分析大师的铁饭碗

把朋友拉黑
把失去朋友的伤心愧疚也拉黑
把压在头上的父母和肚子里的宝宝
一起拉黑

把账单和债主一起拉黑
把疾病和医生一起拉黑

把地球上蔓延的瘟疫和疫苗

一起拉黑

刚刚冒头的白发——拉黑

到处抹黑的死亡——拉黑

拉黑，统统拉黑

如果一直庇护你的天使菩萨

翻脸把你拉黑

你就把上帝也拉黑

让他在他的白屏幕上

再也找不着你

      2021 年 12 月 1 日

挖月亮

怀孕的女人

没有吃也没有吐

她守在空地里啊想第一个

摸摸月亮

穿足球衣的男人

不再像年轻时满口说着

要去摘星星

他知道夜里的乌云

盖住的树荫底

有一小块庭院

一定挖得到

除了这里哪儿都在下雨

至少最近是这样

白纸上淤青遍布

干枯的空气使

他们的眉头发皱

十步开外坐着个弹琴的人

在放映自己锈蚀的影子

有时他遇见

有时她梦见

月亮薄薄的在铁铲下

凄凉地照亮音乐

满身的灰

一剐就破

月亮也在天上

原来，不止一个

是谁把它们

埋到土里去的？

致老子书

楚国的鸡犬叫了快三千年，老子
姓李的先人，你还好吗？
函谷关我至今没有去过，据说
雪已经下了两千年。守城的将士
都成了屠夫，深信立地成佛。
有个消息我要告诉你：
你的书印刷了上亿册，释文大约是经书的
五千万倍，这是人类的财富。
你不爱世人，世人却爱你，多么荒谬；
蝴蝶和鱼再也说不清白了。你出关之后，
古今中外的菩萨都变得爱说话，擅长写作，
将军自愿成为神的奴仆。
月白之夜，豆大的灯点燃
深山中的茅屋返老还童，它们
越来越新，住满春秋前的使者。
至于你，要么不来；
要么装作风雪夜没有归途的旅人。

马
永
波

海滨旅馆

他们整夜像海底吃草的马

头顶着灯，一匹红，一匹白，打着响鼻

黎明他们在各自的床上醒来

海倾泻在他们的身体上

雕刻多沟槽的礁石

她要回到海的另一边

她没有像多年前的那个年轻女人那样

捧起他浪花中的脸

她在窗边停下，机械地整理衣裙

歪扭的被盐粒劈裂的木窗一角

摇晃着一束白色的野花，放大

像多年前的自己从遥远的海角归来

麦
豆

在龙都

三楼是空的。
一楼住着一位老人
去年，曾是两位。

偶尔，雷霆之声
自四楼或更高处传来
离人间很远。

两粒埋在黑暗中的种子
第一粒比第二粒睡得更沉。
窗外的夜深如泥土。

昨夜，我又梦见了人群
梦见自己夹在人群中欢呼——

一条大鱼自水底升起
人们在它的脊背上奔跑。

一席谈

三月初七，在青峰寺

我和一个佛的游方弟子

谈到何以言。

他说：忘掉语言靠近一首诗。

他话起时，一只蜜蜂

停在花蕊上，一只鹰在扩大山谷的胸襟

而一阵风松开了所有的山林

我感到无穷动。

他饮口茶，继续道：

像这阵风，从这座山翻过去然后再翻过去

然后再接着翻过去

就会遇到那个抱着空气弹琴的隐士

一千多年过去了，他一直在弹

一把看不到的琴。

你要找到这个忘言的大师，所有音乐的大先生。

蓝山河：时空之镜

一月：镜面

时间从一滴雨开始，在镜面
雨点触及水眸的一刹那，
蓝色荡漾而去、而远、而永恒……

落入河流的雨滴，是鱼，
是庄周的寓言以及，
群山从水的意思中
倒映，世界由此被召唤

而出。在一尾鱼的无我
无物无意无拘间，
阳光清晰地送来春天。

"从最初的梦想中，你创造世界

世界中你被梦想所祝福……"

那时他行走在时间与空间之间，

一根蓝色的线条上，看日升月落，

看一条鱼从水下仰望天空——

宛若镜中之镜，天地万古如新。

二月：镜沿

鱼不是一个名词，而是所有星辰，

它有时叫作水，有时叫作仲春，

一尾无形无色无体之鱼，

即是河流本身，仰望长天，

浮云白色如一堆墨，

墨色山峰被绘入镜面，

犹如万物源于滔滔江水。

鱼因此而溯流而去、而上，

游过忽略不计的怀疑，

以及暗流间回环复回环。

"追问源起以及未知，这生命的本能，
正如镜子两两相对，映照出万物花开。"

他一直坐在水声的音乐里，
看水，把时间看成青草遍地，
以及水上花落，正如逆流之鱼，
把他看成一只待飞的翅膀，栖于镜沿。

三月：镜像

正如月亮与太阳互为镜像，
月与月，亦是像中之像，
——时间从时间增殖而出。

因而，走行在暮春渡口者，
目睹一尾蓝色之鱼，
幻化为海，为河川，
被语言与命运，送向源头。

而生活的渡轮上，多少人，
沉睡于独自言语的晚风，
只有那临风的清醒者，
倾听命运的涛声化为森林。

"在此，你必须理解时间——
一缕希望之光在镜面间流动。"

流动成这头作为河流的巨鲸，
它的尾部是过去，长须是未来，
突破那轻薄的渊面，
向着苍穹，轻跃而出……

四月：镜变

时间在此时蜕化为空间——
镜中跃出之鱼，其名为鲲，
自无形中生出初夏与双翼，

自无色中升腾起淡蓝和羽衣。
诸神用风声为它吟唱，
日月，点亮它的双瞳，
它那正在脱离水面的趾爪，

试图挣脱命运的旋涡。
唯有趺坐于山麓的隐士，
从镜中窥见这造化，演绎为隐喻。

"时间在创造中结束，同时，
又因终结释放出更新的空间。"

这蓝色的大鹏化为天之云翼，
乘羊角之风，扶摇而上。
九万里之外亦是镜中之像，
犹如，暗中浮现的巨大心灵。

五月：镜尘

五月是蓝色的瞳影，五月
是大鹏一再目击的山河如铁，
五月的风吹过鸟儿与它的影子。

镜中之影，这飞行的烟云，
给空间画出四围
与八荒，而它则是心中
一点青苍，万古空茫。

登上山巅的人听见鸟鸣，
"心中有鸟鸣的人，才能
听见声音从风云间传出。"

声音凝变为形，为色，
鸟声从虚空中召唤出实有。

它在飞行中点亮云气，光影，
以及从语言中升起的启示。
在它眼中，万物犹如
苍蓝镜面上，那落尘点点……

六月：镜中

"有一年我在飞机上看地球，
它孤独如一滴蓝色泪珠，
从这只大鸟的右眼泣出。"

那回忆者将庄子梦中，飞出
暮夏边境线的蓝色大鹏，
称之为飞行器，把头上的青天，
称之为会议桌上一张白纸。

他在笺纸上写下远方与理想国，
写下，时光中这艘巨鸟
如何穿越风暴与惶惑。

"……要牢牢抓住一空间

做梦，再将梦做成美食与华服。"

只有大鹏不吃不穿，不回忆，

越过山峰与天空的限制，

飞往南方，如一架纸飞机，

世间万物，都只是它的乘客。

在春天，你是必不可少的

在春天，你是必不可少的

红豆杉是必不可少的

青栎也是必不可少的

但我不知道你是谁

不知你什么时候能够回来

比起我对你认识的贫乏

这些都显得微不足道

我知道你在，任何时候都在

有时是一缕花香

有时变成一阵风藏匿进一棵草里

我甚至感受到了你的呼吸

听到了你的心跳

你为什么就不肯出来见我呢

时光那么短暂

快出来见见我吧

哪怕你是不远处的那一段斜坡

我也要跑上去拥紧你

清晨的雾像天空的一道伤

你的名字比影子更为寂静

艾斯力金草原的清晨

太阳向草原上泼洒光芒

这枚巨大的花伞，在向草原上的万物

布施阳光雨

金子闪耀的光辉，在草尖上

在梭梭树、红柳、达日布的静默里

那对幸福的鸳鸯树，依然是紧紧地

缠绕、拥抱，不被任何事物所惊扰

羊群在远方吃草

我俯下身去，伸出双手

呼唤着一头洁净、漂亮的小黄牛

它乖顺地向我走来

温顺地低下了头

我一只手握住了，从它的脖颈上垂落下来的绳子

一只手伸出去，试图抚摸它

拥抱它，它突然抬起腿

猛然，向我握着绳子的手，踹了一脚

在我错愕的一瞬，已经向远方跑去

一头小牛是多么机智、狡猾

它亲近了我，戏耍了我

我猛然大笑起来

仿佛，笑声和我在整个草原上

在晨光中晃动

举起头，我看到硕大的紫色的花朵

正在艾斯力金草原的天空

徐徐绽放——

倪
湛
舸

滑梯

如果温度就这样降下去，要小心，

屏住呼吸别叹气，太冷了，

大理石会飞散成粉尘，像蒲公英那样，

也不要坐在敞开的窗边远眺，

你知道的，空气里的水分会凝结，

夜幕下闪烁的除了遥远的星星，

还有无数微小的冰晶，如果温度就这样

降下去，世界会变得美丽，

死者保持不朽，生灵趋向迟钝

为了抵抗滑行于皮肤之上的忧伤，

跳着舞的是刀锋啊，想要落脚，想要扎根，

我们尽管沉睡哪怕伤痕累累，

所以，温度必须再降下去，

直到一切还在颤动的都回归平静，

你要站到变迁的对面，捂着心脏发誓，

这就是绝对，是最亮的光正填满最深的黑洞。

甲氰咪胍

人世渐深
肉身沉重
四十岁，我几乎理解了
我看过而不解的万象
几乎理解了

那些面庞和身躯上呈现的
痛苦、温暖和欢喜。譬如现在，我胃疼
忽想起，三十多年前，六舅姥爷
清癯老者，脸上总有微笑浮现
现在，他依然颇有仙风道骨
是暖崖村中一个淡泊的人，是乡间
一位高人，仿佛古时隐者
而使他神情变动的
唯有一次次，托我父亲从城里买来的
甲氰咪胍

他一次次热切地拜托

甲氰咪胍，甲氰咪胍

期盼和有时的失望

都仿佛仪式

甲氰咪胍片，又名西咪替丁片

用于

消化性溃疡、胃溃疡、十二指肠溃疡及

消化道出血

现在，极常见

我为内心的蓝色知更鸟包扎了伤口

清晨，太阳开始旋转光线的魔方；
清冷，默藏着最高希冀。

浑浊河水在这个城生根，
落寞犹如有纹理的锰矿石。

游船，是否做过行驶在
大西洋上的蔚蓝之梦——

那年轻的群楼景观，是否
知道意大利的凌空存在。

逐渐抬升的塔吊，机关枪似的
伸出枪管，凛然于避雷针之上……

我被疼痛袭击，在桥上浮起，

身后是车辆飞过地坑的轰响。

此刻，忘忧花站在叶子上涌来。
我为内心的蓝色知更鸟包扎了伤口。

P

潘
维

莫干山民居通知

一

天黑了，
蔷薇花正在来的路上，
与女护士为伴。

夜班火车载着她们，
向着湖州的山水；

仿佛大事临头，
莫干山居图已换好干净的床单；

她们是可以供奉的神，
她们用药棉轻轻擦去许多伤痕；

无论她们在筋疲力尽的一线，

还是在谦虚谨慎的后方，

她们的针筒从不撒谎。

二

"探花及第"的民居大厅，

杯子里的书香已沏了绿茶；

卸下行旅吧，

顺便在懒洋洋的时辰，

给小蝴蝶把把脉；

农家的耙耧可以聚拢全部的露珠；

竹笋的拱土之力，

可以为春光发电；

无论银杏树下的蕨宿还是萤火谷，

无论羽毛枕之梦，

还是突然袭来的食欲；

这儿的咳嗽是翠绿的鸟语，

这儿的菜单恋着味道。

活下去

当年　一个绝症患者
坚定地说
活下去!
看看到底谁活得更长

一个人在那样的时候
说这样的话
如果不是出于对生活的热爱
那可以想象　他的心里
究竟有多少不甘
又有多少委屈

一晃就是五年过去
站在第六年的门槛上
他仿佛一下子不再那么坚定了

只是默默地跟自己说

……活下去

庞
培

春天的夜

是夜，孩子们在窗下嬉戏

我听见很多星星在奔跑

很多白色的蛾子飞往暗黑天际

很多草丛的欢声笑语

四周都是乡村

老祖母也从黑夜里走出来

喜滋滋地在一盏路灯下赶集

多年以前古老的集市

被一个孩子热汗地奔走惊醒

夜晚瞬息间形同白昼

这是一个春夜

我听见我自己也在童年街头

属于黑暗中的一个恶作剧

念头（也许月亮会悄悄升起）

我把伪装的生平统统去除。是夜

我在我抬头仰望的星空的河床

我的书房是那里奇异的

泛现银光的一层涟漪

我向硕大的房屋阴影奔去

沿途开放成墙际的藤蔓原野的叹息

我毕生的思想不如供行人憩息的路边

一张空空的长椅

不如一名老屠夫，一个街坊老人嘴里的

刘备和张飞

听见窗外一声孩子的尖叫

那声音刺穿所有人的凄凉。所有

人世上的坎坷、无常

书房静静地亮着灯

一切年代的英雄辈出

都已被浪费

——直到旷野寂然无声的春天

——直到星星的尽头

2021 年

电梯中

电梯上升时，他的水位也在变暗
噪音式鱼群，被滑索驱赶进身体。
粗粝的风暴仍是背景，他对着手机
海水抚平波浪一样，梳理着刘海。

"口号林冠般的叙述，顺应星流蔓延
鹤注视着我，仿佛我就是瓷器的瓶底"
波浪转身，他全部拍打监控的死角
而沉船的肺腑，在每天内部低沉宛转。

"稀薄的语法，因回潮的白昼而溃败
帝国低伏，试图搁浅自身愤怒的影子"
晚间新闻那样看着他，那样被海水
反复合闭眼睑。它没有自己的回忆。

"当月光，模仿薄雪那样裸露出礁石

枝杈像礁石分开水流一样，辨认我们"
走出电梯点头致意的人，仿佛所有枝杈
的延伸，都经过了微小，分散的革命。

麻醉过后

现在用上了锤子。两下一组，
五组敲击之后它有了些许松动。
随后是钳子之类的东西，一阵
扎实的眩晕和对抗，牙床微移，
灵魂似晃动了一下。一个小东西
降生一般掉在托盘上，清脆，惊心。
我看到了它经年负重的根部（仍不是全部）。
这颗妄言之齿、残损之物被死亡的气味
包裹着，来到另一个人世，无须
再背负我的过失。在剧痛中我心生怜悯，
看到轮回，亦觉还可做个好人。

钱
晖

洞口

当我看见被炸掉的

青山的遗体

那弧形的分界线

滑在坚固的半空中

我思索疼痛的岩石

到底该从哪里流出泪水

山体的内脏泛黄

在麦地之上沉默地呼吸

风在凹陷的伤口里吹着哨子

当我想起什么的时候

山坡上的老牛跪在秋天里

流下了临终的眼泪

为了保持阴天恰好的湿度

不能再过分地增加出口

于是我闭上了眼睛

在握紧的掌心中

听见昨夜墓前未止的雨水

变成今天山间的溪流

失眠

睡眠像一个模具
它会丈量人的身体
不合格的不收进来
我的身体一定是哪里出了问题
我无法将它完美地嵌合

我挤进去了一部分，但是胳膊怎么也进不来
我把身子安放好了，但头的形状不对

要是睡眠是一片水多好啊，跳进去了就是跳进去了
要是睡眠是一团风多好啊，吹到了就是吹到了

2021 年 9 月 11 日

当修改好一个旧文档，
并看见跳出
崭新的保存日期：
2021 年 9 月 11 日时，
你蓦然想起了
二十年前的
那个正在值气象观测班的夜晚。
（这也是你夜班生涯中
最后的一段时光，
大约三个多月后，
你调离原岗位，
开始了一段充满憧憬，
而在二十年后的回望中，
又几乎一成不变的
新的职业生涯）
你到隔壁休息室的电视屏幕上观看

一个反复播放着的画面：
一架架客机像一支支缓缓移动的箭般
射向两座依然耸立着的摩天高楼，
伴随屏幕内外此起彼伏的尖叫，
仿佛仅仅作为一种高科技带来的特效，
而并非是地球另一侧正在
或刚刚发生的真实。
而你也尚未知悉
这些惊悚而宏大的画面
对你
对一个时代，以及这人世
究竟意味着什么？

荣
荣

这一天她还在人间走着

这一天她还在人间走着。
还是人间的。还在一次次归来。
拉杆箱上挂两塑料袋鸡子与菜蔬，
穿过夜街嘈杂。
她是嘈杂的一分子。

这一天她仍在凡俗里，
几辆打转的汽车寻找着泊位，走过她。
霓虹灯乱转的理发小店，走过她。
满架琳琅的烧烤摊，走过她。
便利店叮咚一响，一个街坊男子
举盒烟出来，走过她。

那个瞧着手机跟唱的女子，
那个挂满盆景跨坐电瓶车上的兜售者，
差点撞上她，夜色遮掩了他们的脸容。

她盯着微信里一句亲密的话，

删还是不删？这来自遥远的硬汉柔肠，

也跌落于日常的琐碎和抒情。

这一天她还在人间走着。

还是人间的。还有些不舍。

路过小公园，冬天仍在深入，

银杏已脱完一头明黄，鸡爪槭的叶子

蜷一半洒一半，扮演又一场春红。

这一天所有昨日重回，似有新的抉择，

往左是时间恍惚，往右是自然萧瑟。

2021 年 3 月 5 日

S

雨水洗过的长安

我留意了许久

那些从冬天伸向春天的枝条

依然与去年的一只蝴蝶彼此信赖

唐朝落在长安的那些发光的文字

依然在喜悦中相遇

北方的城市缺少阳光的献祭

此时，水井巷的教堂里传来诵经的唱调

它们与词语一起鲜活

我在不断重复着昨日的生活

一些记忆潮湿而孤独

我习惯了春雨极速掉落的样子

那些透明的力量一直给我光明的暗示

雨水洗过长安，却无法洗过

一枚干净的落日

一根翅膀上的羽毛

一阵风把枯叶与一根羽毛

一同吹起

风过后

这根羽毛落到了我的眼前

我捡起这根羽毛仔细分辨

发现是鸟翅膀上的翩羽

也就是用来飞翔的正羽

这绝不是鸟迁徙时

留在北方的信物

是这只鸟儿放弃了飞翔

或者是鸟儿遇到了不幸

我一边为这只鸟祈祷

一边埋怨风为什么把鸟的哀伤

吹落到我的眼前

我把这根羽毛埋到土里

希望羽毛能在冥界找到鸟的肉身

尽管此时北方的土地已经是冻土

但我相信翅膀的精神和鸟的魂灵

它们终将会再一次结成一体

沈
苇

河下西游记

西，鸟在巢上，日在西方
先辈弃文从商，攒下一条船舫
射阳山人的园子，船舫静卧如龟
水泥洞里藏一间卫厕，超级女声
反复在唱："什么妖魔鬼怪，
什么美女画皮……"

西，竹巷老街，魁星阁的日头
韩信胯下桥，钓鱼台，古枚亭
小镇大盆菜，油端辣汤
午间觅食，烈日下，独自的
河下西游记，通报女店主：
"来一碗杠子面，加辣！"

西，里运河沉静，波澜不惊
疯长的菖蒲、芦苇，仿佛割断了

与南北水脉、运命之河的血脉

驸马巷里，种过柽柳种石榴

勺湖晃悠几勺清水，淮扬大厨

怀揣勺子背井离乡、游走天下

西长街不长，刘鹗故居紧闭

另一端，乌鲁木齐新中剧院的

临终寓所，早已化为乌有

——魂系归来兮，老残！

明祖陵，高祖、曾祖、祖父

终于在地下相聚一堂了

水世界，繁华一时泗州城

洪泽湖里一觉睡了四百年……

西，从秋，从羊，从口

西极马故乡，西王母瑶池宴

细君歌哭，铁木真挥舞上帝之鞭

热啊，冷啊，渴啊——

西瓜西来，葡萄、无花果西来

和阗的巴扎，喀什噶尔的麻扎

克孜尔的石窟，楼兰的佛塔

古尔邦待宰的无辜羔羊

奴鲁孜报春的骄傲公鸡

哦，荒漠甘泉，戈壁绿荫

小河的太阳墓，光芒万丈
帕米尔的石头城，梵音颂唱

西，迢迢黄沙路，通天金箍棒
大海道，粉骷髅，玄奘报道
"上无飞鸟，下无走兽，
遍及望目，唯以死人枯骨为标志耳。"
大小龙池，神龙与母马的相恋
阴阳大交合，孕育一匹白龙马
远与近的相对论，大与小的辩证法
金箍之小即为大，又复归于小
诚如，沙即为漠，漠即为沙
七十二变，一个筋斗十万八千里
仍是取经路风尘仆仆行者一个
花果山天真地秀卵石一枚
今天六一，每个人身上住一个孩子
只是，这个顽童已垂垂老矣
躺平和起来的时代，人们心里
都有一个孙悟空，只是美猴王
已回到虚窗静室的水帘洞

西，呜呼，"胸中磨损斩邪刀，
欲起平之恨无力。"

天上，人间，乐土，苦地

五鬼，四凶……神魔鬼怪的

隐形权力结构，两位尊者的受贿记

那烂陀的留学生，如来佛的手掌心

沙砾不识字，六百部落水真经

请用西域太阳将它们晒干、整理

……意马，心猿；趣内，骛外

水与沙，已在经卷中互认、合一

魂系归来兮——，承恩西游之魂

随唐僧终归东土：小尘世，大西天

鄂多立克在扬州

托钵僧鄂多立克追随马可·波罗足迹
从意大利弗里乌黎省来到南中国？
船靠泉州，城里有偶像一万两千尊
热腾腾菜肴贡品熏得偶像们满头大汗
福州母鸡洁白如雪，脱尽羽毛
全身长一些山羊绒般的细毛
福州以北，穿越南方崇山峻岭
阴坡动物黑色，阳坡动物白色
再北上，来到"天堂之城"杭州
一万两千座大大小小的石桥
呼应泉州的一万两千尊偶像
鄂多立克爱上米酿，尤爱红曲酒
在钱塘江畔，看鸬鹚捕鱼入了迷
男人们赤身裸体，一会儿跳进热水桶
一会儿跳进江中徒手捕捞，如此反复
过金陵城，波希米亚人鄂多立克

来到马可·波罗曾经生活三年的扬州

在扬州，他见过邗沟里的小扁舟

长江巨船，石灰涂刷，通体雪白

扯起的风帆，常高过天上的云朵

他品尝过东关街的烧鹅、汤圆、毛蛋

汤圆太滑，毛蛋里的小鸡令他胆战

鄂多立克读不懂雕版上的反字

却爱看寺庙里的怒目金刚

与高僧大德们相谈甚欢

他来到运河东岸的普哈丁园

这里的幽静自成一体、恍若隔世

他在耶稣圣心堂与牧师讨论上帝

在蜀冈看全真派道士炼丹……

清风，月色，微雨……几种信仰

在扬州和平共处、相安无事

却在鄂多立克内心冲突、厮杀

激起大洋大湖般的重重浪花

他穿街走巷，昼夜游走，无法停止

有时赤足，有时身披粗布和铁甲

马可·波罗吹嘘担任扬州总管时

曾有十四个美女陪他吃饭

而在纸醉金迷的多宝巷

鄂多立克看到五十个美女

轮流为一个盐商巨贾喂食

巷内枇杷成精，诗人喂养的花猫

阉割后懒洋洋躺在地上，像一团丝绸

猫的躺平主义，有待国际歌喊它起来

扬州的盐巴太多，可用来建造一座白塔

盐巴白塔真的建起来了

鄂多立克将它看作水上巴别塔

紫藤巷的狻猊镜暧昧、恍惚

他看见马可·波罗的几个化身

有时是马背上驰骋如电的蒙古人

有时变成两重城里徘徊的南方人……

离开扬州，浪迹的鄂多立克继续北上

在大都生活三年，仿佛要与同乡的

扬州三年，形成中国跷跷板上的平衡

他到过忽必烈建造的草原大都

吃过腹中藏有小羊羔的甜瓜

穿越山西、河西，到达西藏

将天葬仪轨讲给欧洲人听

他下得高原，经中亚、波斯返乡

一心打算退隐到意大利荒野中去

却染上重病，回到自己的出生地

弗里乌黎省一个名叫乌内丁的小镇

他虚弱至极，油枯灯灭

留下这份简短的临终祷告——

"我愿死在我游历过的神奇国度，

南中国，福州，杭州，扬州……

如果这样死去能使上帝感到欢喜。"

（——赠扬州诗友卞云飞、小南、孙德喜、布兰臣、袁伟）

注：

元代来华的欧洲旅行家中，鄂多立克（1286？—1331）的影响力仅次于马可·波罗。他是意大利弗里乌黎省波登隆埃县人，自称波希米亚人，很早就加入方济各会，过着清苦的托钵僧生活。1316年，他开始东游，1321年经西印度，由海道抵广州，此后6年他在中国游历，到达过泉州、杭州、南京、扬州、北京、山西、西藏等地，后经中亚、波斯返回意大利，1331年1月死于家乡乌迪内修道院。著有《鄂多立克东游录》（中译本），是他在临终前病榻上口述，由人笔录而成。书中对中国南方（欧洲旅行家所说的"蛮子省"）的风土习俗有许多生动有趣的记述。关于妇女缠足、广州人吃蛇等陋习，鄂多立克是第一个向西方报道的人。

井

一场雨后
有巢氏抬头
琢磨起储云的法子

人可否
把水稻种在云上风吹过骨头
就有神替人间插秧

人可否
把一汪隔宿的水搭出井字
二十四根木榫头
明月是卯眼

有巢氏在云上挖了一个孔
从此天开了口
他不知道七千年后

神的咳嗽会落到地上

一场雨后

稻粒纷纷而下

我们低着头

面朝云的窟窿认祖归宗

一哭

　　——送陶春

也就是一哭！做不了别的！
老弟，你走得太突然——
上班途中，刚到门口，
死神一下子把你摔倒！

"一颗不倦探求的灵魂"——
突然爆发出一声"噻嘣"——
你创造了新的"c'est bon"
真棒！是诗神在天上喊你

一哭！念你名，我在泸州
中午刚喝过酒！小酒仙啊——
你竟留下这样惊人的启示：
"再突然也比不过突然一死"

宋
琳

观李嵩《骷髅幻戏图》

什么是空的替身？细细的悬丝
牵动玩偶，如生死牵动你我
机关巧布，逢场设施的喜剧
业化的衣裳已脱去第几层？

被风月的障眼法捉住
转蓬般惊恐于催人的寒暑
不如那爬行中的、无畏的幼童
热情地伸手给狰狞的玩伴

大骷髅操纵着小骷髅
死亡一旦鸣金登场
肉体的巡回是否还有别的归途？
当五里墩伫立于五道地

坚韧的是咬住母乳的意志

吮吸着宇宙配方的无尽藏

而那发侧垂、敞怀的美少妇

面无羞涩，自在于旁观者的角色

骨头表演家，逗趣的大师

是不以南面王乐为乐的那位吧？

左腿盘屈，右脚的拇趾轻叩节拍

幞头华丽地弯向脑后

货郎担竟这样满

油纸伞倒挂一个倾泻的江湖

艺人隐身画外，一如空消寂于空

画中的每一物皆乘着空船摆渡

注：

李嵩（1166—1243 年），南宋画家，钱塘（今浙江省杭州市）人。

孙
磊

热的

以前，报纸是热的；钨丝细心地黑着脸，它是热的；
在雨中的树是热的，即使冬天雪裹住它，它的根也是
　热的；
岸上海胆干瘪的尸体动摇着渔夫的手，但手心是热的；
元音字母中弧线的惊异是热的，它们纷纷落在纸上，
　纸就热了；
锁在保险柜里的人民币静得出奇，当离婚开始，它们
　立刻就热了；
从赞美中取出的钉子是热的；被取空的办公室里，一
　张撕碎的欠条是热的；
快递号码是热的，足不出户不是生活，而脚是热的；
人们相互拆开身体，翻阅所有的箔片与镁黑，翻阅是
　热的；
翻出的死亡也是热的，所以今天，当疫情来临，
每个人怀里都有一个发烧的平原。

2020 年 2 月 28 日

孙
文
波

五台山

这是阅读……起风的天空。这是

一个人对整个人间呢喃：褐色的门庭，

已矗立上千年——海拔高呀！至

菩萨顶，不能慢，被夜幕笼罩。需要远眺。

惊叹芸芸众生的癫狂，把命运抬进

妄想中（仅仅几百里外，便是血腥的关隘）。

让人侧耳倾听蚕噬桑叶一般的诵经声，

如沙砾摩擦了失去面目的石头雕像。直接，

哪里去寻找厌世的安慰剂？

那么多虚幻的故事仍然不能改变一个人的向往。

仍然朝向集体意识的颠乱；

颠乱，烙印塑造山水的内涵；

连狐狸都犹如神祇安顿，变成风景，

增加远来者的戏剧化心理。一切都被记录下来；

陡直山道，朱红庙墙，镀金楹联。

栖贤阁高大的客房和精确的晚餐。这里

是精神之肺？这里，是对另一个世界的想象

——太缥缈……太遥远的旅途。

一路上山高水长，但惊叹连连——最无用的，

仍然是智慧。这里，那里，跪下的不仅

是膝盖，还有灵魂。灵如烟，除了升腾。

还有下坠——永恒之思，成了幻觉……

论肠胃

怪异的语言，把红日钉在一棵

落光叶的银杏树梢。孤独得犹如乌龟

爬在一只鸟的脊背上。

如此不合理的书写落实在纸上。说明什么？

事物的存在逻辑，小于想象。

延伸开，我可以说：午餐正在天空中飞翔。

高远。作为饥饿。被星辰演绎成对

酒肉的念想。让我不得不紧盯自己隆起的肚子，

怀疑是它，促使我去看世界；

一切都是吞咽。我真的没有

想到吞咽山峦和河流？或者，我真的没有想过，

把一座城市烹饪成佳肴？

我想到过太平洋，它就是巨大麻辣火锅。

印度洋也是。它们带来口水滴答，造成大动静。

我想说，一滴口水就是一场鹅毛大雪。

覆盖在我意识的深处。

我的饥饿就像成群呱呱叫的乌鸦铺天盖地飞来，

把所有存在都看作食物。真的，

难道一座岛屿不是一片毛肚，一座摩天大楼

不是一根烟熏竹笋？月亮，就是麻油碟。

山河如小鲜。我觉得：肠胃，大于宇宙。

T

借

借一碗面，借两个鸡蛋，

给客人一顿体面的晚餐。

借一把伞，没有伞就借一个斗笠，

头顶的雨声让你忘记了脚下的泥泞。

借一个屋顶，借外公外婆苍老之前的几年，

你无从感受父母之爱，他们也无暇享受天伦之情。

借书本中的死知识，借生活里的活道理，

你终于长大了，成为一个人：

似乎不需要借什么，就可以完成自我。

在野芷湖边，在一个亮着灯的房子里，

你陪着母亲、妻子和女儿，

你不知道从哪里借来的儿子、丈夫、父亲身份，

只是把他们捏合成一个战栗的人。

谭
滢

3.14159……

抬头看看，满天都是 3.14159……

宇宙是一个抽水马桶

真理在旋涡中循环自身

然后被抽走

上帝，您能告诉我一个圆的长度吗

您疑惑的眼睛里

我看见我和 3.14159……

一颗香喷喷的鸡蛋，做着梦

突然被哥伦布磕破一角

站着，但是很痛

世界的裂缝在蛋壳表面滋长

那是 3.14159 的裂缝

哈姆雷特的果壳里

干涸、褶皱，空空的回声游离在无序的沟壑之间

然而这里住着无限空间之王

念诵 3.14159 的圣典

散发成熟的植物香气，牛顿的苹果

落在一个青年温热的手掌之上

金苹果银苹果，打开潘多拉盒子的苹果

那是 3.14159 的味道

上帝，您能告诉我一个圆的长度吗

两个褐色的同心圆

这就是答案　不会有结果的算数

满天的 3.14159

闪烁着　日复一日

我是他的下一个演算

报恩寺那口古钟

没有一种存在不是悬而未决。在报恩寺

我判断的这千年古钟，是撷取众声喧哗的鸟鸣

铸造而成。春风为传送它

而拒绝了天下的铜。天下没有

更合理的声音，可以这样

让石头重新开花。树桩孤独，却拥有一身彩翎

带着整座森林展翅飞翔。说这就是

大师傅的心，而我的诗歌过于拘泥左右。

永不要问，这口古钟是以什么

力学原理挂上去的。这领导着空气的铜。

琥珀里的昆虫

众多潜匿中我偏爱天荒地老的关押

不再哭一生太短，也不埋怨

度日漫长。我终于

被锁住。房子内外是透明的，自决地

处在明灿的宫殿里，用手摸去

四周已没有灰尘，安心于

做查无实据的梦想家

我每次被指认，皇帝果然穿着衣服

只是身边不再有奸佞与美人

得到这样的大落实，终于明白

有大善才有长眠。爱，我

已够不着。恨，也成了气绝又气绝的绝迹

在空气尽头，你永远拿不到

这副胎身的模样

接受更大的时间对自己的看管

我沉湎于这最隐忍的憋气，连转世也不要

2021 年 11 月 6 日

田
禾

长江每天从我身边流过

长江每天从我身边流过

从我生活的这座城市匆匆流过

浩渺的江水把一座城市

三分天下：武昌、汉阳、汉口

还分出江北、江南

我的朋友从江北过来

淋湿在江南的烟雨中

住在长江边，生活总有

永远拧不干的水滴

水中有灯火、星光和游鱼

两岸的码头依旧拥挤

每天有那么多坐轮渡过江的人

江边有我席地而坐的草坪

轮船走过去要拉一阵长长的汽笛

水从唐古拉山脉流来，瞬间流走

从来没看见它停下来歇脚

它在暮色里匆忙地赶路

流水走过的过程

把长江的长度丈量了一遍

田
凌
云

拓荒者

这些年

灵魂越来越重，身体越来越轻

下午闭眼躺在沙发上，一个我遁入大地

一个我升入天空。留下的，都是

不知为何的假象。因灿烂的头痛

以假乱真——

这些年，我像一个拓荒者

在自己胸口，没日没夜开垦一望无际的星空

田
原

母鹿与雪豹

寂静的夏日午后
雪豹在半山坡上假寐
梦见一只母鹿
在河边凝神

天上的云朵
浮动在河面
流往森林的河
丢失了上游与下游

山巅的积雪
与兽骨的白相互折射
母鹿竖起耳朵
它的眼里
草在泛绿，天在旋转

林风伴随着山风

轻吹雪豹的胡须

烈日当空

却晒不化它身上的雪点

丰腴的母鹿警觉着周围

太阳无声地移动

归途和去路上

时间搁浅

河是一条生死界限

对岸的猎人和猎犬

都长着一双千里眼

准星不分雄雌

食指与扳机是一对元凶

雪豹醒了

带着一场雪

跑向山下

母鹿察觉了

披着一身梅花

逃回林中

野火

永恒略大于一日。

白茫茫的日色，剪取

变幻的波脸。料峭堤岸，

也止不住宴饮的心

提读窄小耻骨，迷人者

且自迷。溽热的口音打湿

致密尾羽，可曾心事崎岖？

你嗫嚅着假扮了过客，

你顽强着隔空答应，

多情的是我，从此杳无风波？

呵，且打破膏腴的沉默

任时运的手，覆弄抖擞衣衫

是如雾的品德吞吐不息

长亭更短亭，娇滴滴。

是雨润的咽喉含住

平地峭拔的野火，扑拉拉

汇入日渐零落的合唱：

"松柏的火，死心的火

正如你我的晚年？"

我环绕你如同死结

我看见：从今往后，

每一张脸都是古代的脸。

注：

第 13 行，"如雾的品德"出自万夏《水的九首诗》。

凸
凹

栀子花诗

栀子花，臭的反义词

恐怕有上百株吧，顺着我家花园

右侧栅栏边，站成了长短不一的两排

长是竖排，短是横排，其形如一把

柔美的手枪。她们摩肩擦背，熙来攘往

白色的香气流布开来，叽叽喳喳

像鸟鸣一样美丽、干净和热闹

她们的发言、票决，在花园的议会上

"右倾"压倒"左倾"，占有

完胜的优势——但她们从不发言

也不赞成票决。她们说

她们不是众多、大数据，而是单一：

单一的常绿，单一的素白，单一的香

抱团存在的力量，正是对分裂主义的

紧紧含苞和举手反动。直到隔年才知

种下那么多的栀子花，其实是种下

那么多的栀子花的花语：

喜气、坚强、爱与一生的守候

屠
国
平

乡村练习曲（二）

一

柴狗晃荡着阴囊
从细雨中回来

二

蛤蟆弓身向前
豌豆的荚，轻声裂开了

三

从鸟的不安的梦中醒来
蜗牛在菜叶上行走

四

河边废弃的竹篓上
青螺爬升着，它们快乐于
我们看不见的波纹

五

青蛙蹲伏在荷叶上
小河里的新雨
一点点化开

六

公鸡缩起一只脚
单立着
毛毛虫藏在叶子的反面

七

雨如此衰老
雨是苦日子
好兆头

八

中间隔着许多雨
鸭子在苦楝树下
清亮地叫了几声

九

雨止之后
再来听屋檐下
空疏的雨声

十

一切都在长嘴水鸟
冷峻的观察之下

王
爱
民

用铁里的阳光　削自己的把

我替我的影子

活了好多年

并继续替一棵树活着

黑夜是一匹马

咀嚼胃里的白云

鸟鸣里有露珠滚圆的归来辞

我用铁里的阳光

削自己的把

涛声在身体里拍岸

把案头拍碎

青山回到水里

和怀里一场火发生口角

守口如瓶，水是一场空

我要弯腰爱你

小花爱着她的小

泪水哭醒眼睛，任风评说

一步即是天涯

王
敖

绝句

你完美的身体是降落中
绿影的天使，抽空自我辩论

吐出的花束就是，临床试验过的神

我们坐起来把春风围住，虽然不怎么可能

褶皱

——赠蒋浩

我们总保留着我们来处的特征

——玛丽安·摩尔

非个人的，非历史的，

非东方主义的，到头来，

这一切并非我们所愿。在海口，

一棵树为独木舟的形状心碎，

一艘船恹恹地从远方归来，

倾泻着昔日满载乘客的欢乐。

整个夏天，潮水都全力挽回

本来触手可及的事物，最后

什么也抓不住，包括

它自己尽可能伸展的一部分。

只有鹅卵石历数激情磨尽的时辰，

而对尚未开始的毫不在意。

就未来的可靠性而言，一首诗

并不比天气预报准确更多，

其中精心设计的褶皱

也经常可能少于一张床单。

后者有时是天使，考虑到

其习惯接纳疲惫灵魂的特征；

但更多时候像空头文件，

爱的协议被书写，却从未生效。

当然也就不存在有效日期。

每次我独自返回旅馆，

雨正飘落，在未来的不远处，

而未来似乎厌倦了雨水的本地口音，

让它说出的事物逐渐模糊，

像窗后的眼睛，像钟表停摆了，

但表针叉开腿，如同妓女。

明天准时到来，但不会因为爱。

2021 年 2 月 25 日

方言

灌满泥土的四肢

是方言一天天抚平发炎的丘陵和盆地

无处释放的张力，凝聚成夸张的喉结

蹿动在异乡的人群

我生来驼背，唯有方言挺得笔直

像一根旗杆高举着以"东河西营"命名的大旗

我就这样奔波在陌生、质疑和嘲讽里

用方言购物，用方言打车，用方言找工作

用方言交流；用方言跟一个

说着相同方言的姑娘谈恋爱

用方言买房子，用方言结婚

生下一对说方言的土儿女……

当我老去，我希望亲人用方言为我送行

把我的小名刻上墓碑

让风来读却总也读不懂

然后，被一口方言狠地拽出骨头

斜插在生养我的土地

王
峰

红月亮从右侧升起

夜空，我转过脸，巨大的寒意
扑面而来

极力下垂的星辰，照彻在
荒野的尽头

那里的河岸
那里的残垣

我看到，有很多失语的人
被囚禁笼火

飘忽于他们熟悉而陌生的村口
年复一年

此刻，天窗之外起风了

成吨的暗物质正穿过我的身体

像一排，接一排
穿过喷气机的灰湿的云团

也像从右侧升起的红月亮，拖拽着
人间缓慢汇聚的伤感

王
夫
刚

为汾河写一首诗

汾河在流淌，临汾而居的尧庙

不为所动，河西也是河东

诗经也有故里，诗人幸会

学习唐风，学习魏风，学习写一首诗

献给顺流而下的命运——

能唱民歌的汾河夜不成寐

能使用形容词的汾河

瞧不起文凭；能劝慰晋国的

汾河，拒绝波诡云谲

能使用微信扫码的汾河

在采风活动的好友群里一言不发

遇到黄河之前，它不自卑

下雨之时，它既不打伞

也不肯说出不打伞的理由

山西人喊它母亲，山东人却直呼其名

中土之国，汾河在流淌

中土之国，汾河在回忆
苏醒的编钟奏响馆藏的青春之歌
两条大河会盟，岸是证据

王
家
铭

窗外传来南音

南琵琶横抱。山色写入蓝靛，
晨光中的讲习所，少女滚烫的
脉搏。芹菜叶子，东市场曾是
它的家，蔫在青瓷色阳台。
"有心到泉州"，她为你弹起
清凉的梅花操，成为剧团里
分神的那一个。下山时竹林
正把杨梅山笼在一片欣喜中，
而春祭的唱词把小黑羊引到
溪边，消失了淡影。藤与门，
一拨茼蒿，红菜团子，三五斤
蹄骨，萝卜糕与海蛎煎。洞箫
声里踮脚看谁做表率，俗务中
挣出来，彩色，解构，骚动的，
看她如何在菩席上为你设考验。

致敬

一

我向一位日本僧人致敬，
因为他从鱼市上鲷鱼的齿龈
感到了自身的寒冷。

二

看不见珞珈山了，更看不见富士山，
一盆八月的茉莉花
却盛开在我新迁入的窗前。

三

晚间散步，仿佛是在去德耳菲的路上。

夜的密林里，

河面上隐约的光。

四

过去他赞美过孔雀的美和神秘，

现在他躲开了，

仿佛它会走过来吃人。

五

语言，与变老身体的节奏，

多了一些犹豫和停顿，

也请更多一些从容。

六

说来残酷，应感谢你的死：

冬日北方的冷光，

在八月，归还给了我们。

七

从圣雷米回来半年了，他还在想着
凡·高在疯人院画出的那片鸢尾花——
那一阵渗透沙地的宁静……

八

莎士比亚不知道自己是莎士比亚，
杜甫老去诗篇浑漫与……
这就好！让我们出去散步。

2020 年 8 月

新年第一天，在回北京的高铁上

"……多美啊，你看那些冬小麦田，
像不像你们的作业本？"一位年轻母亲
对趴在车窗边上的小男孩说。

"树上的鸟巢怎么全是空的？"
"鸟儿怕冷呀，它们都飞到山里去了。"

披雪的山岭，闪闪而过的荒草、农舍……
"池塘里面有鱼吗？"
"应该有，它们在冰下也能呼吸。"

而我也一直望向窗外（我放下手中的书），
它让我想起了基弗的油画——
那灰烬般的空气，发黑的庄稼茬……

而小男孩仍是那么好奇：

"麦田里那些土堆是干什么的？"

"哦，那是坟，妈妈以后再告诉你。"

而我们从苏北进入齐鲁大地，进入

带着一场残雪和泪痕的新年。

忽然我想到：如果我们看到的

是一道巨大的地狱般的犁沟，

像是大地被翻开的带污血的内脏和皮肉，

……那位当母亲的

会不会扭过孩子的头？

什么也没有发生。列车——

在这蒙雪的大地上静静地穿行……

阴天的屋子

打开门，敲门的人消失
或者，根本就没有人敲门

返身回屋。脚步轻得不可被描述
屋子暗暗的，却隐约可以看见

镀漆的家具堆满各个角落
我没有挪动它们，也从未真正彼此拥有

坐下，将手放上小桌。木纹有时候
会与掌纹，相互缠绕、打结

一切都是那样既轻又巧，又无可置疑
就像此刻，遗忘的手机又躺回手中

偶然，翻到一个死去很久的人，久得

就算念出或者不念出他的名字，我都不会伤心

这是第一个，往后还会增加，但我
一个也不会删。想到这，风好像起了有一阵子

越养越病的两株盆栽，叶子一片片洒落在地
有时晃动几下，但没什么可说的

一小块松动的雨棚板，漫不经心地
敲打着悬空的铁墙壁

王
君

仲巴的夜

羚羊越过夕阳和汽车赛跑，
跑着跑着就到了尽头，但汽车
一头扎进了一个没有尽头的很远，
羚羊于是决定放弃。
当羚羊决定放弃，
从来没有一种物的速度，
比得上落日放弃的速度——
落日放弃追逐一个球追到"五"，
即使这个球，又回到了它的手上。
地球放弃了成为一个纯粹的球。
风干的牛粪，奶酪
已经来不及搅拌得更白雪了。
被羚羊放弃的羚羊自己，
睁开了羚羊的眼睛，

有一部分物体，吞噬了它，

它什么也没有看清。

2021 年 7 月 10 日

万物环绕

万物环绕，左右无人。
——我以最大的奢侈独自占有这一刻，
滴水为键
将自己，一指归零。

蓝天暂空。白云暂停。鸟音暂静。
苍山大河，依次匍匐在蜻蜓的翅羽上
内心自重，却是另一个我的轻盈。

还有青草的深青，青虫的浅青
它们，携着无边清气把我占领
我像一个快乐的降者垂首归顺，
想消融于青，而终于闪烁于青。
（与爱有约。
世界的边边角角，有无数美的散落，
我想用语言的马车，

运回，我的村落。)

万物明白，关门谢客。

它启动最为广大的肃穆，敲响天堂钟声，

以我为零，

布置，婴儿初醒。

王
山

风信子

与你不期而遇的时候
我还不知你的名字
但难忘看到你的感觉
初见你的样子
我就流泪
没有为什么

白紫红黄
颜色各异
很少有人知道
蓝色
才是你的本初
在植物园里漫步
每一株花草都对我感兴趣
同一棵树
同一朵花

呈现的方式

往往不同

随时空变化

思索停止

甚至

情绪的波动

也进入休眠状态

因为疫情

因为许多因为

植物园里空空荡荡

恰似放空的心情

不要问我

花的颜色取决于什么

就像

不要问风信子

在传达什么

只有植物

只有寂静

只感觉

身心舒适满足

清新呼吸

风一层层吹拂

青草起起伏伏

所有的谎言

都盛装着美丽衣裙

所有不理解的背后

都隐藏着合理的存在

生命的随性与任性

比理性好玩

所有的伟大

可控或非可控的生成

都有风险伴随

蓝色风信子

犹如氢气在燃烧

花语诉说的

无限逼近却永无抵达

硫氧化成紫色

绝非偶然

心

在日益决绝

王
寅

俳句的阿司匹林

夜航

航空椅背后的电视屏幕上
只有一架飞机
在地球的表面缓慢地移动

而你就在这架飞机上

电梯

穿工装的男人提着斧子
走进电梯，站在你的背后
电梯下得太慢了

蚂蚁

屋顶上那只红色的蚂蚁
在写明信片
无人知道是否能够收到

故乡

衣衫褴褛的早晨
如此亲切
好似故乡

钥匙

找到了钥匙
却遗失了锁
春天先到了南方

大鸟告诉我的一则故事

失眠已久的戏剧导演
只有在剧场里
才能睡个好觉

夏天

一首诗重复着所有的诗
就像每一个秋天
都喜欢夏天的伤口

苹果

削完一只苹果
就听见远方的苹果树
轰然倒下的声音

王宇琛

雪

饭桌上我们一言不发。

清水煮南瓜，茼蒿，煮白菜

母亲说适合健康。

我聊起那年的雪灾

大人们忽然大声起来，天旋地转

那时我还在读小学，奶奶陪着我，

那年的事情我早就没了印象

而大人们各有各的说法

一个故事从猪棚和逃跑的鹅说起

一些人追在后面，一些人

坐在屋内，沉默地看着

视线和雪一样缓缓落下，盖住土堆和竹林

另一个跟随火车前进，深绿色动车

像一段纪录片：编织袋、泡面和站立的人

外面是田野，雪层慢慢加厚，盖住稻秧

我面前，大人的

唾沫和回忆也一片片飞出来，盖住

菜已经吃完了。我母亲下楼去看门面

他们则习惯在饭后休息一会儿。

入图

——观"国家建筑师"团队在《我的世界》中复刻《清
明上河图》有感

客舍青青，柳色新于汉堡小铺子，

卖炭翁身着标致的红黄，

笑问本店新品，客官一试否？

岸边喧哗里挤出一位蜘蛛侠，

他丢了工作，转行转入游人的合影。

仍然骂骂咧咧，石壕像一场

大火的疤痕跟随他。入夜，

烤架上孜然调教着青鸟腿肉，

戏台唱梁祝，二胡凉如矿泉水，

小情人也像蝴蝶翩然曼舞在花店，

催熟的紫丁香已不识愁的滋味。

坐在桥下，在钓竿和蒲扇之间，

喜悦与失望像清澈的河

摆弄浮标和月影。固然我这边，

亭台无法起建在高架桥，雨水终日
下坠，而公寓楼没有飞檐和琉璃瓦，
能为它追忆弯曲之美。回到河岸，
我深知故乡并非逝去而是从未存在。
天灯有玻璃和熔岩的构造，
浮动在云杉画舫推开的窗格，
几枚闲棋子敲落汴京这流星，
五百元月租的服务器存储千秋梦。

王
子
俊

神迹

一大早，我扛起锄头上麂子岗，挖坑，种苹果树。
……冈上，新径还没有人经过。
刚系紧黑鞋带的旅游鞋，
也没有被打湿。那么，随便猜猜，会是谁，
这么早，就蹚过了遍地野菊？

我不能确定它一定就是神迹。

哈瓦那账单

一

我的房东是个阴沉的老太婆，
让女厨端上咖啡，带着纪廉式的愤懑。
芒果汁，西红柿酱，炸香蕉片，庭院里
那只鹦鹉令人惊异用西班牙语学舌，
都会绝不含糊地计入早餐账单。
那辆苏联拉达车似乎从未发动过，
窗式空调轰鸣，卡斯特罗演说进行时。
据说，女房东出版过 10 本应景诗集，
就在收取我预交的房费之后次日，
78 岁的她迟缓地出现在诗歌节会场，
深沉得像兰斯顿·休斯那条古老黝黑的河。
雨水暂停。在离开哈瓦那的前夜，
她也不跟我谈谈诗歌与革命的关系，

闭口不提切，只埋头写作美利坚顾客
明天的菜单，
并企图多收我 46 个可兑换比绍。

二

"加勒比之家"的米拉迪女士热情如火，
向我叙说创始人、海地文化和建筑本身。
她是个黑人，说话时身体大幅度摆动，
用手指比画，
在黑暗中，我仿佛听到了法国交际舞
和西非狂热鼓点的结合，
地砖的釉色闪烁。
外墙的墨西哥风壁画窃取了眼睛与魂魄，
谁在死亡与情爱的金合欢树下开口说话？
米拉迪从东讲到西，从白昼讲到午夜，
由外转内，
让萨泰里阿教与古巴民间舞混合着
进驻西班牙语，进驻我的心，
她以巨大的
与海湾相仿的臀部，推动深沉的夜色。
米拉迪，半是黑人宗教专家，半是女巫：
左眼是非洲，右眼是古巴。

在壁画映衬下

化身为舞蹈教师：康加、乐颂和萨尔萨。

她陪同我去舞蹈排练场，那些混血女孩

在夜色中站立，灯光围绕着她们

单薄的身躯——

对客人纵情一笑之后，羞涩地转身离开。

分手之前，米拉迪对我说：

"今晚的讲解，

得付 250 个古巴比绍。

先生，你度过了美好的一夜。"

三

司机告诉我，拉达车是卡斯特罗

送给他父亲的，

一个为古巴建设付出心血的工程师。

他如此珍惜这辆车

以致把它与女人相提并论，

这位前中学教师靠拉达维持体面的生活。

前往西恩富戈斯省的路上，他放送音乐，

强烈的节奏使他情不自禁地说起三个女人。

在红色加油站里，

他喝着橙汁，眼神从未

离开过他的车子——

他的宝驹，他性命中的性命。

远山在游移。路上兜售热带水果的贩子，

无法阻挡他的轮子和激情；打开引擎盖，

他细说这部车子的构造和性能。

在哈瓦那，我总是用他的车出入旅馆，

每次事毕他轻声报出费用，

礼貌地接过钱，

我愿意多付一点，但他从不多要。

这个哈瓦那美男子，准点、豁达、谦和，

生活之难没有消磨他的乐观，父亲的车

同父亲一样令人敬重：

皮制座椅、胡桃木靠手

正是老工程师的手艺；

背影是连绵的丘陵，

他和父亲的对话，

是雨季内部另一场细雨。

当我开始为你写诗

当我开始为你写诗

这说明，你就变成了我生命当中

不可删除的部分

听平克·弗洛伊德的下午

整个大海里只剩下一根细长的、发着微光的针

当我开始为你写诗

你的身体至少会被切割成五个部分

五个形容词并排躺在一起

等着有人带走它们

如果我开始为你写诗

哦，把如果换成假如吧

你是否愿意把世上的声音

全都删除掉

只剩下难堪的寂静

如果我是一个好人

我会混在那些被摘得干干净净的词里

在寂静的陪同下

像一只失去了全部的脚的蜘蛛

等着你把光线

也删除掉

对一条河流的叙述

对一条河流的叙述：

她从巴颜喀拉山脉北麓，五千年了

昆虫的嘴、人类的嘴、动物的嘴

趴在岸边，那是黄河之水的嘴与他们

亲吻！流经青海、四川、甘肃、宁夏

内蒙古、陕西、山西、河南及山东

无法停留啊，携带着泥沙

几百种鱼逆流或顺流。飞溅的浪花

有神仙和鬼怪居住在其中

赤脚大仙掌管青海段

玉面鲤鱼精霸占着山西段，而宁夏

水波不惊，静水流深，唤醒了两岸

枯萎的野草以及猴子的春心

397 公里，流过银川、石嘴山、吴忠、中卫

平罗、青铜峡、灵武、贺兰、永宁、中宁

水面上经常有歌声传来，尤其在

傍晚落日前，蜿蜒如龙的河道
一个人伫立，想着远古和传统
寂寞的心事——对一条河流的叙述
应该沉默且始终紧攥着她的腰身

西
川

古意和古意之死

一　古意

　　墙上的电灯谦逊的光亮

　　墙角的垃圾桶里垃圾少许

　　无风的阳台脱出小镇的房子

　　贴着皮肉的夜色丘山的聚拢

　　树林里非人的脚步声

　　何样生物蹚着落叶前行

　　瞬间的脆弱想到自己

　　抓住机会的秋天竟忽然现身

二　浮想

　　月亮朦胧到不想被关注

　　月亮客气到不想被打扰

月亮冷漠到不想被比喻
月亮高级到不想被赞美

唐人没见过这样的月亮
难于物我两忘的我能否
扇动着误解的翅膀飞回
公元 755 即天宝十四年
那时都活着王李杜高岑

我的此时此刻不是他们的
此时此刻正如雾霾不是雾
我的此时此刻是月球车
彻底报废在月亮上的此时
又此刻尽管这无妨天理
作用于人间如月映万川

三　渔樵

山川不变故渔樵之美不变
故渔樵所弃的浊世不变
故俗恶与不俗之恶不变。这是家国。

不变的渔樵美了五千年

不变的俗恶与不俗之恶浊了五千年

问山川：是哪儿出了问题？

山川答：渔樵必死，不死也得死。

石头记

用石头敲打，

用石头建筑，

用石头砸人。

一堆石头就是一座乱坟。

用石头围水，

用石头围城，

用石头围地。

从石头中长出永恒的人性。

孙悟空和贾宝玉都生于石头，

中国最好的书都是石头记。

玩转石头富可敌国；

玩不转难免倾家荡产。

有人用石头填塞心肠，

有人搬起石头砸自己的脚。

有人以卵击石，

有人一石二鸟，

有人落井下石，

有人投石问路。

人心之不同，各如其面。

雕刻者从石头凿出人面。

安定天下者安如磐石。

祸乱天下者餐云卧石。

金石交情仍须经金石检验。

金石为开，使什么金石之计？

点石成金，一定有人玉石不分。

石破天惊，有人炼石补天，

衔石填海，却终归石沉大海。

海枯石烂，在海和石头之后

最后腐烂的是什么？

最后不腐烂的又是什么？

水滴石穿，用尽了宇宙的时间。

电光石火中文明诞生，

但你只拥有石火光阴。

一块石头落了地，

仍要摸着石头过河。

过不了河，就抱石沉河。

雪意的五点钟

小插曲。燕郊镇形象,城外
寒山多邀约,电话打通下午的雪意课,
五点钟延续漫步马。姑娘织披肩,想
想清楚巨鲸。回来就可以,回来是天赋。
背靠红云几朵看山橘,猫在右边玩点缀。
出发,都在抵抗睡眠的盐粒。
你靠说出预料的话
击落飞鸟。相与还,坐飞机去隐匿鳞片,
冉冉芳草连花灯,拾句子,挑青杏。
有文化的人真可怕,欲锄月,欲植梅,
拧白鸽,拧银河。斧头有奔涌的月光。
过安检的时候,播笛音,播琴音。
C调的人准确吗?"准确,才是过失。"
探测仪,抵押一个"造假"。
长途奔袭的人,遥控镂空的遥不可及,
吸紧我,吸紧我,用挽起的一枝花传递火。

睡下铺的青年，扬起生活读卞之琳。

诗人是身体里有雪的人，家是距离的组织。

现在，美人为馅，我要闪亮的河岸

打湿归人的鞋。降下白色。出站后，

静听的奥秘：在乘客中积蓄春水漾漾，

我的手在涨潮，绳索怎么救宁静？

回家吃折耳根，抱莜麦菜犹如抱琵琶，

在烧烤摊吃小瓜，舌苔藏淡星。慧看，

慧看……隔着玻璃擦掉雪意的五点钟。

2021 年 2 月 4 日

自由的内部

来到哈德孙河口的自由女神身边
人们可以从基座的一道侧门
进入古罗马利伯塔斯
女神的内部

自由的内部，通高 90 余米
120 吨钢铁支撑的女神脊柱
80 吨分段冲压铜质皮肤
30 万只铆钉关节

法兰西雕塑艺术与力学工程的
完美结合，双螺旋楼梯
应急升降电梯，通往
火炬的秘道

无论多么激动心灵的自由和梦想

无论多么伟大的神灵或意志

也是需要人类精心设计

和铸造的

脱发时

我卡在汉口路的墙缝。
把一块砖挤到南京路上，
有人捡起，叫卖，
有人头顶缺一个包块。
虚无主义者边走边睡，
模仿电杆甩着电线。
都这么理亏而又迁就，
皮带鞋带盘绕着电流。

周末继承神话传统，
彻头彻尾地调戏结构；
万花筒里的汛情啊，
跟随着跳来跳去，
躲闪了就代工了。
决不但是偶尔，骑着内脏，
栏杆拍打阵浪，比承诺还
暗无天日，哑舌也是排泄。

社戏

那时阴间进一步得逞，
相当于自恋，无缘无故自燃。
上街历史收尾枯水。

混在稽考，狼藉胜过新鲜，
想到及时已经过时，
收藏后悔自以为是。

室内的元始天尊行行好，
到阳台上喘一口气，
从你的古老借一片羽毛。

喉咙坚强地回咽着，
衰弱的肠胃的纪检高效啊，
通关冠军们配不上了啊！

2021 年 11 月 12 日

落后的父亲

父亲个子小，人来人往
常常落在后面
人情往来，也落在后面
他画的麻雀落在最后一个季节
寒冷的羽毛栩栩如生
就连死，也落后
欺负过他的人大都先走了
这一次要火化，我们托人
把他排到了最前面
一个明媚的早晨

那么远

你要接受这个世界

总有突如其来的失去

洒了的牛奶

遗失的钱包以及

走散的爱人

在贝加尔湖的火车上

你目睹过一场下在郊外的雨

郊外的雨

就应该下在郊外

你是否渴望

或者曾经渴望过

那蒙住车头的细雨

还带来城里的消息

苍山之忆

落日静止，坚固，黄泥巴的
滇缅公路上，汽车扬起黄尘
苍山下的小院内，采光
不良的阁楼上，我的兄长在写信
追逐州花灯团一位女演员
我的姐姐嗜书如狂，放歌
抗战歌曲，我的父亲研究汽缸
压缩比，以解决空气稀薄
导致的点火不良问题，母亲
割着鱼身，从下巴处打开
直到尾巴的分叉处，当晚霞
覆盖西方，晚餐端上桌子
彼此紧挨的酒瓶，仿佛一支
整齐的合唱队。是的，那里有
一种合唱仍在等着我，秘密地等着

徐
兆
寿

在敦煌漫游

村庄里空无一人
诸神早已被驱逐至八荒以外
这里是西大荒
这里曾是诸神诵经之地
后来，诸佛来到这里
与诸神端坐在三危山上

如今，他们去了哪里
原野上是盛大的秋天
一半盛开　一半已荒凉
这是我喜欢的敦煌
这是我热爱的秋天
这是我黯然神伤和卸下俗世的地方
在这里　我重新叫出诸神的名字
在这里　我重新讲述英雄的故事
在这里　我重新讲述中国和人类的往事

一朵野花在路旁独自开放

把美丽的脸庞侧在路上

我说，

你好，姑娘

我看见她在风中自我摇摆

我听见所有的花朵在轻风中

野蛮而单纯地吹唱

而无边的原野

正在向天边铺开

荒凉地露出了太初的光芒

2021 年 9 月 20 日

严
彬

在生活的河流边

四月南方雨后的黄昏，

我们驱车穿过邻人生活的密林，

沿河水流出的方向靠近一片

依赖手拉绳索抵达的河洲。

那时傍晚阴云低浮在半空，

七点钟夜幕渐渐将黛青色河流吞噬，

只留下大树本身如阴影嵌入寂静的

乡村天空：能否将谦卑的人唤醒？

我们拥有宁静、鸟的语言、倾诉时光，

对面孤灯一盏，潮湿的枯草层层叠叠，

将人生之两三种轻掩在地下缓慢燃烧，

言说无法验证的命运水滴随河流向西

越行越远……是谁拣出希望、有洁癖的灵魂？

在姐姐们生活的庭院中抚育各自的独生子。

火山

在活火山之上
在死活山之上
晶莹的海浪拍打黑色的礁石
人们已经忘记
那也曾是滚烫的熔岩
也曾在某一刻燃烧
但今天一如雕刻的时光
平静，如大海，如蓝天

岩石粗粝的心似乎也无动于衷
也许仅仅源于岩层深处的某种病毒
也许只需要一阵海风
在黑色海滩登陆
一座岛终于等来宿命
在东岸的丛林中
火山再一次爆发

溢出的熔浆仍像上次一样火热

席卷而来

照亮我们的明天

也照亮我们的过去

如冰冷的冒纳凯阿山一样

我们冰冷的过去

杨碧薇

湄公河日落

竟忘了为何来到这里——
须臾间，我已被空无填满，臣服于
天空的盛宴。
那么多河流，那么多痴梦，
为何我一眼认领的是湄公河，
它在万象和廊开之间涌动，
在我的血液里取消了时空。

"多滚烫啊，短暂的夕阳。
你在地球的银幕上播放壮丽的影像。
你带着被万物辜负的金箔隐入太平洋。"

杨
佳
欣

我的小熊

我的小熊　连接着母体
顺从于我生命的　脐带
血味的风从裂谷飘来
在无人知晓的地方
我嗅闻着柔软的毛发
代替一件浅粉色
毛衣的气息

谈论小熊的
性别是邪恶的

我遇见过这样
一个人　以此为生
忍心撕碎小熊
像撕碎一只婴儿

杨
键

黄河

无论在哪里，我都可以见到相貌奇古之人，
我知道，这是黄河。
无论在哪里，我都可以见到相貌畸变之人，
我知道，这是废黄河。

下滨州，驱车经过一生中最漫长的芦苇地，
第一次见到了黄河，
黄河没变！是你在变。

一头牛

荒草太多了，

好像永远吃不完。

早晨时下了厚厚的霜，

我开始吃下过霜的荒草。

傍晚，

一只白鹭从蓝天深处

翩翩飞来。

我哭了。

我把你哭出来。

你因过于年幼，

牵着我鼻上的绳子，

不知往哪里走。

杨
康

世界之静

你的呼吸是一支柔嫩的手
触及肌肤。我被惊醒
被冠以一个父亲的称谓
世界在此安静，集中毕生注意
听你呼吸，一吸一呼
我被你的喘息关闭在一个
奇妙世界，如此寂静
我成了一个无药可医的聋子
只能听见你的声音

杨
克

上河图中游

这是 2021 年的穿越

不是中秋的汴京

是横店的北宋

我仿佛行走在清明上河图里

绘制新景的不是张择端

而是为新世纪搬砖添瓦的徐文荣

两边屋鳞次栉比，茶坊

酒肆、脚店、肉铺、庙宇

满大街的位兜售着

十二世纪初的浮世

全世界最富庶的繁华

在宋瓷素净的釉彩上流淌

我路过的不再是城防涣散

又国门洞开的城市

拱桥下一眼能望穿的秋水

外卖小哥的身影像鱼儿游动

高大的城楼仿佛

武林外传的客栈

迎面走来穿古装的

做生意的商贾

看街景的士绅，骑马的官吏

叫卖的小贩，乘坐轿子娇贵眷属

身负背篓的行脚僧人

问路的外乡游客

听书的街巷小儿

酒楼中狂饮的豪门子弟

8 厢 120 坊，我是 1695 人之中

非仕非农非商非医

非仆非僧非道的

一个细致入微的诗人

我一本正经

却超现实走入这画中

这是现实主义的藏本

几个年轻人正在一个招牌店

打卡

盆景修辞

几个花盆里

种植树萝卜和山乌龟

它们硕大的块茎

有点像树瘤

笨拙而略显丑陋

当碧绿的叶片缀满千金藤

黄白紫的花朵垂下

一个个犹如小小的灯笼和金钟

极丑便是极美

情极必佛，智极必圣

扭曲多变的根茎，龙蛇起舞

方衬托蕊瓣的娇艳

修剪，乃见功夫
减去枝叶，倒悬或横生
美存于时间，也在于空间

诗人也是妙笔生花的园丁
眼里不存在好词、劣词
把它们精心嵌在适当的位置
每一枚，就是奇异的花朵

杨
炼

黄山的定格

看　即置身于哲学　景色

都是碧蓝眼瞳的一部分

石凳　峰峦　云海　裸出的无边

被称为思绪

在一张看不见的脸颊上飘动

一抹云　漫过山脊爬行

每滴细小的水珠里　含着你

细小的惊呼　当一刹那崩落如一道绝壁

俏立人生　朝哪儿看不是万丈深渊

哪个定格不是背影　团结

岩石轮廓里你一千万年的背影

什么不是这本书　朗诵一次

就启程一次　山边必是海边

绿绿松针舔着你的指尖　不可能

更近了　新家里第一场诗歌节

水手们鹟鹟雀跃　每行海平线都写着归来

杨
庆
祥

天鹅湖的量子抒情

与量子相关的，是天鹅的纤维。
也就是说，这天鹅不是李白王维的
肉体性动物。它改变了真身。与其说
它是什么，不如说它不是什么。

或者什么都不是。在量子的世界里，
灵魂也是混沌的。但这并没有违背
造物主的原则，在心有灵犀的刹那
天鹅是量子的神。

杨
政

芒果树

初六，履霜，坚冰至。

——《周易·坤（卦二）》

芒果树，叮咚又妄想的树
露出了稚气而清幽的细乳
加速的黄昏来了！呼啸的
黑暗，像一伙鲁莽的天敌
要来攻陷你这粒剔透的心
曾旋紧相思和热情，梦的
窄门，倚徙着汀兰的幽影
那日渐踌躇的君子，水间
孤眠的芙蕖染落白霜，痛
便在嘴里含化成别的薄味
都说二二相耦，生生不息
两隔的世界，多么想触摸
另一个发烫的睡梦，是否

有棵彼岸般婆娑的芒果树
粼波摇摇，像我们的相逢
捧给夜空一腔晶结的灰烬
往日何所驻，今日又何去
沉郁或朗响的日子已化为
枯焦的腑肺，那么，别了
水中沉落的耳朵恰好听见
哭声的旅途，月光的来世
一棵扑倒在尘埃的芒果树

姚
辉

与孩子谈论星空

在田野上仰望　星空

散发稻穗的香气　一些星星

或许就是古代的稻子

沉睡得久了　它们

凭借一阵风　又一次

一粒接一粒返回苍穹……

夜鸟的鸣唱也是一阵细密的星光

泛绿　夹杂着夙愿浅浅的

红色——我曾给夜鸟

取过很多名字　它鸣叫

让沉寂之星　倏然

展开　自己温暖的毛羽

大河已数清过天上的星星了

但它不告诉你星星的隐秘

一颗曾经哭泣的星　成为智者
它　捋着山峦锥形的追缅

总有一颗星　会成为你耀眼的手势
八月朝树的左侧微微移了一下
那只鸟　就忆起了
翠绿的千种潮汐

叶
邦
宇

黄河上游

我数了下，有十三具皮胎

活着，聚在一起，就是一群羊

筏子客老黄说，他这是在黄河上放羊

这些羊，也像在草地一样，被黄河抱在怀中

在黄河上游就是这样，用青青的草，喂活羊

有些羊死了，还得继续用黄河的波涛和咆哮，喂它们

得丘花园

我的出生地没有地址
我启程去外省
也没有地址。读过的书
一本本连起来
像一个国家去另一个国家
的私密小径。
先生们，女士们，当我们
来到爱的花园。
当我们像流星一样隐没在
花丛中。我有一个朋友
他只会画枯枝，只会在枯枝边
描述让人重生的力量

吟
光

悖论

你是稀薄又穿透的太阳
破开二月的冰，却裹挟满身霜雪

你是舒缓与尖厉的和音
安抚不羁的魂灵，又教唆它更加不安

你是温柔与暴戾的私生子
以身沉溺入火，再推开月亮与风

是梦，又不仅是梦
还是造梦者，是梦的造物主

不是玫瑰，摘下
便有了满屋芬芳
是天边那盏灯，压迫灵魂的光

声色轻轻，但是响彻——
击打我失去了语言，只剩满目疮痍

今日与昨日决然不同了
宏大的波纹荡起，整座湖面烧成倾巢覆灭的火

我可以手握玫瑰
但要怎样，才能摘下一盏灯塔？

烈焰燃起，我永远会失败
星河烂漫，且寂寥
而火凝结成光，永远会传递、澎湃

中原

中原　古老的名字　大地的中间

人类活动可追溯到有巢氏时代

黄河中下游地区　河南省　河北省

山西　山东　就在高速公路两侧

肇事的车辆翻倒在隋朝的玉米地里

那些无动于衷的村庄　垂死的仓库

老生常谈的槐树和木讷的落日

那些劳动扬起的灰尘掩埋了繁华

黄昏带来苍茫和朴素　无数空置的

寺庙没入黑暗　有一座华严寺位于太原

最高的平原上　两头石狮子蹲在大门口

守着宝石般的琉璃塔　名字取自《华严经》

"慈悲之华　必结庄严之果"

一句永恒的自言自语　不是风

2020 年 11 月 30 日

咏应县木塔

不朽的黑暗在这儿被困住　意志停止　顶天立地
在一堆木头中凝固起来　无数的方圆　榫卯　斗拱
细节充实着虚无　君临万物　以完成最高使命
乌鸦绕着它飞了千年　后面还有野怪黑乱的一百年
更平庸的一千年　谁知道?　柱子和灰尘支持着一个
精神之躯　时间从骨头的裂缝溢出　枢纽是干的
据说里面藏着两颗佛牙　日夜咀嚼着那钵饭　在大地
的蒲团上摇摆着　朝向左还是右?　有时它就要倒下
于风云突变的下午又回到中　不是胜利　阴影覆盖着
迷惘的平原　一根火柴就能点燃　一切实在之物都在
默求超度　同归于尽　我不知道自己来这里干什么
也是被岿然不动勾引　一切变化都被它凝固　朝它靠近
白云　星辰　生意　阴谋　婚姻　木匠　梁思成　经典
麦地上苍茫的秋天　玉米　村庄　水井　飘扬在天空下
的棉布　古应州一只只土碗里的小米粥和辽——一位女王
的庄重决定　落成于清宁二年（公元 1056）　来自北方

草原的猎户就此鸣金收兵　皈依不灭的形式　朴素拒绝

火焰"峻极神工"轻视改朝换代　日夜召唤着风尘

仆仆的出发者　亡命者　正确者　错误者　行李　辎重

独木桥　曲径和康庄大路　地面上爬着那些指望　磕个头

就能招财进宝者　蚂蚁结伴而行　花朵在飞檐之间　无忧

无虑地开放　风铃指出方向　鸡鸣狗盗落荒而逃　光芒

是向内的　乘年迈的仆役没注意(他的偶像禁止抚摸)

将出汗的手纹默默印上去　伟大的材料　请接纳我

改邪归正

于
明
诠

风吹软

风暖暖地吹来，季节
是系不紧的纽扣
春天的童话一拔节
夏天的纽扣就开了
风跑来跑去

夏天和秋天从来不对视
任凭太阳在中间滚成一个花朵
绽放在紧急关头
就像那些诗句生出根来
湿润一个一个花瓣

四个季节分作三排纽扣
险象甜蜜环环相生
纽扣在纽扣间苟且
放任一条红裙子偷生

过往的不一定都是往事
记忆总要保持最优美的姿势
四个季节一起偷窥的时候
三排纽扣就笑了，于是
风吹软了年龄

渴望一场大雪的覆盖夏天
把季节的角度都藏好
风就从云端飘然走下
云朵的双唇闪耀着金光

这个季节
注定太顽皮
大雪再厚重
也掩饰不住纷纷扬扬
就像这蹒跚的寒风任性料峭
发不发力都热烈奔放
瞬间吹软一棵棵树
吹软一块块石头

只要你伸过手来，风
就吹软世界

2021 年 7 月 8 日

喀布尔的气球

不是风筝，在我的想象中

你干燥的尘土，就像

月亮的枯黄，你的天空

贫瘠而异样地蓝

子弹，炮火的硝烟

也无法污染它

而在你们的想象中

或者在你们的渴望中

该用什么点缀

这枯黄，这普鲁士蓝——

不是风筝，而是气球

五颜六色的气球

贫贱的气球

充满贫贱的空气

鼓起一大簇

完整的希望，单纯的快乐

放飞，也可能带来

另一种轻微的炸裂

象征，但不是危险的象征

在凶险的天与地

稍稍抬头，看见

这样的色彩缤纷

还能握在手心，带来这样

西西弗的休息时刻

顺着气球，走下斜坡

这五颜六色的气泡

让我想到

盲人的快乐

手背上的快乐

一根细线的快乐

饱满而又皱缩的快乐

贫贱的富人的快乐

而在我和你们的

想象与渴望中

灿烂千阳照在它们的正面

皎洁的月亮照在它们的背面

星星在它们墙壁的内里

2021 年 8 月 26 日

居所

在房子外面站着，看我的房子；
走远一点，回过身来，看；
走到远处的小山丘上，以鸟瞰的方式，看。
因为它在那里，天空与大地便被它撑开，
形成一个有弧度的夹角，在阳光下。
现在，它像是它们的一个特殊部件，闪着光。

这是一个包括我在内的世界，
一个我在其中有着拥有感、私密感的空间，
尽管它并非独属于我，可我也有一份。
我想，什么时候，去窗前种一棵棠梨树，
去墙角下种一棵圆叶牵牛。
得好好布置一下。然后请朋友们来看看。

等朋友们酒酣散去，吵嚷着离开了，
等我自己也安静下来了，我要仔细欣赏

这房子的内部，熏黑的屋顶、用旧的桌子、

椅子、灯，读过的书，墙上的画像，

还有那些悬垂在半空中的蜘蛛。

我要使用温和的语调跟自己说话。

余
笑
忠

野鸡翎

我不知道父亲如何捕获了一只野鸡

他年近七旬

没有猎枪，没有弓箭，甚至

没有好视力

他一定激动过，为从天而降的好运气

同那份得意相比，野鸡的美味

都不值一提

他留下了一根野鸡翎

作为礼物送给了他的孙子

我们一度把它粘在房门上

没有任何寓意。最多如其所是

来自一只飞禽，美丽，时日难易其色

也许父亲暗自想到的只是：此物在世的日子

会比他长久

后来果真如此。只是我永远不知道

父亲如何在暮年捕获了一只野鸡

这个一生没有宰杀过一只家禽的人

当他看到我冥思苦想

兴许会笑起来

要我们承认他终于

赢了一回

余
秀
华

手持灯盏的人

她知道黄昏来临，知道夕光猫出门槛
知道它在门口暗下去的过程
也知道一片秧苗地里慢慢爬上来的灰暗
她听到一场相遇，及鼻青脸肿的过程
她把灯点燃

她知道灯盏的位置，知道一根火柴的位置
她知道一个人要经过的路线以及意乱情迷时的危险
她知道他会给出什么，取走什么
她把灯点燃

她是个盲女，有三十多年的黑暗
每个黄昏，她把一盏灯点燃
她把灯点燃
只是怕一个人看她
看不见

余
幼
幼

没有的人

新的过去在不断形成

等记忆把未来研究出来

我们走到彼此之间的沟壑两边

大声喊话或修剪灵感

把占据的抽象换成身边事物

把离开的爱人接到脑海中

重新编排一个

不同于以往的故事

我会变成一个不同于

现在的人

也不同于任何时期

就好像我是一个没有的人

却目睹了所有事情发生

一个煤矿工人的感想

我们的身体里是不是藏了太多的黑暗。所以
才把人间仅剩给我们的一点光芒带入地下，交换
我们的生命里是不是放不下太多的光明。所以
一盏矿灯在地下便给了我们足够多的亮光，生存
有时候，我们也在想：什么时候离开煤矿啊
可我们清楚地知道，脱下这身工作服
我们就养活不了这个家

我们的这辈子是不是向每一块炭借来的。所以
今生的时光我们都在身不由己地偿还，直到身骨颤抖
我们的亲人是不是也欠给光明一次黑暗。所以
她们的生前就已经把挂念托付到地下，没日没夜
有时候，我也很高兴：孩子能叫爸爸了
可离开家的时间久了，再回去
他又得重新学习"爸爸"这个词语

我们的日子究竟是不是一块块炭堆积来的。所以

当我们把一座大山挖空的时候，为何我们所剩时日不多

我们的暮年是不是真的不需要煤的留恋。所以

当我们风烛残年，为何还要把一颗像煤一样黑的药

磕进身体里……

托尔斯泰修鞋

托尔斯泰写累了
就去修鞋
离开写字台
去修补他的鞋

他想悄声出走
烧掉所有写出来的字
如同很多写字的人
如同他放弃所有家产

托尔斯泰想累了
就去修鞋
从修鞋的屋子
他悄声出走

修好的鞋足够进深山

他栽的树也已繁茂

树下有一座坟墓

没有碑。没有字

止境

两小时暴雨后
空间打开
物质了然，有模样
积云、落日到天边
每一次晚霞
都仅有
都举世

正聚起鹰状的云
你闻所未闻的鹰
双翅觉察不到地伸展
你没见过更真实的翅膀了
在视线末端
才能得以张开
（更新着临界）
真实的翅膀要抱

无边的环

它的头微斜着俯来

但不来

太阳行在它背后

我们看不见

我们看见它背着太阳

我们看见鹰

它挣开重力的一步

跳和起飞的一步

是起飞。不是在飞

似乎要结束的亮空里

有一个逃离的洞似乎

有一条出路凭空给出

你就忍住不说壮美

目光瘫在那

不是因为

"怕是有什么要结束了"

最快修复的

从河谷的斜坡上
我带来一把河泥，放在
玻璃瓶中
哦，还有一棵狐尾藻

从倦意的深涧中
我带来一块石头，作为
给你的礼物，把它
放在黎明的梦里

从被剥夺的故乡
我带来一朵白云，迎接
梅雨、闪电，与身份不明的来访者
在小山冈上唱起那首歌

最快修复的，是那些

反复消逝而又点燃的萤火虫

黉夜中沉默的种子

此岸与彼岸，同样发光

它悬在天空，浅浅浮着

云似乎要穿墙而过
它悬在上空，浅浅浮着
黄色的共享单车躺在草丛里
我从地铁穿行
错过一场雨
单车座椅上洒满雨滴。抬头看天，
云还未走，雨还会来

天气越发热了，阳光遍布肩头
如咬人的蚂蚁。墙壁上的影子越发清澈。
雨后，水凼里的影子清如许，
也许我们不必去看莲花、荷叶了。
女孩和她的小狗，坐在窗前。
而绿枝繁茂，墙体橙红。

院子里的老人聚在一起，

和大盆小盆的盆栽还有狗狗们并排，

一位老人说，有的狗上辈子做过人

她抚摸着狗。路的尽头

另一位老人抱着狗向这头走来。不知他们是否相识。

一半是明媚，一半是乌云。

这场博弈的胜者是黑暗。

而人们并不追问，不是因为黑夜里发声的雨

而是雨后西边的蓝紫蔓延

而是天气凉爽。

孩子们放学了，大人下班了。

老人们也刚刚吃完了晚饭。

雪鸮简史

只有高尚的组织体……

——安东尼·契诃夫

晶亮的鹰眼转动，

尖锐的雪将它自己磨成

一个冷血的肉球，抛向

无边的寂静之歌——

这样的事只发生在远方。

你认识的人中几乎没有人见过

它的真容；冷静的智慧

在雪白羽毛的簇拥下

是可能的。它的栖息地

远过了边境线上

露出沙土表面的白骨——

那当然不会是它的遗物，

也不会是它造成的。而你几乎

不可能幸运到去过那么远的地方，

就像很少有人能幸运到

见过它的骨头。那也是岩石的骨头。

没错，它的巢就坐落在

无人攀爬过的岩石之上。

但即使如此罕见，却不妨碍

它的骨头也是诗的骨头；

因此，当它出发，飞翔的语言

渐渐融入旷野的呼唤；

有一个影子叼着你的疼痛，

回到陌生的故乡，

也可以是一种完美的结局。

2021 年 11 月

巴西野牡丹简史

梦想这世界如何才不会
因缺少最美的颜色
而失去一次机会，它悄然来到
我们中间，并迅速领悟——
贫乏的年代，蝴蝶的灵感
果然容易受到愚蠢的伤害，以及
我们的聪明永远都不如我们的
内心深处，一个无名的形状
始终保持着对古老的星光的记忆。
很生动，而它也的确生动得
犹如真理也可以很单薄，
并一点也不介意被紫红的花瓣
均匀分布在偶然的接触中。
醒目于小小的艳丽，它的记忆
足以传染人的记忆；并且很显然
来自它的颜色的暗示，始终都在提醒

我们曾经借助过怎样的本色。

在它面前，我们的过错

很小；我们的罪，很轻，

轻得就好像有一阵微风叫蜜蜂。

2021 年 12 月 10 日

创伤

我会把死亡当真，
当飘雪筛出饥寒的黄昏。
母亲，你用勤劳的双手
拍去了蜡梅的忧伤。而这一切
都在风中形成
并驱逐了星辰。

我还会游离，在阵痛的骨灰中
逐渐升起落日
固定住无法治愈的时光。
而这一切，
都能把我变成一个成年的病人，
仿佛切去了翡翠的原石。

翟
永
明

灰阑记

灰阑中　站着人类之子
乃天精地液孕育生就
孤独中　他长了几岁
依然无力选择

灰阑外　站着两位女性
她们血肉模糊　或者说
她们干干净净
她们刚经历了战争　或者说
她们被战争附体

灰阑虽灰且红
就像争夺的眼睛
眼睛既红且脏
就像争夺的对象

公案上：醒木跳动着

一方拽住无尽山河

一方拽住血缘亲情

无尽山河已榨干血缘亲情

血缘亲情聚拢了无尽山河

我呢？我是什么？

我是争夺物　一堆形质

灵魂不被认可

但时刻准备着

被谁占有？归属于谁？

我可否说　我仅仅是路过此地

我只是偶然　掉进灰阑

我不属于战争

也不属于和平

公案上：醒木跳动着

向谁吩咐？

小小灰阑塞满干柴

将我尚未发育的意识

架在法律的火堆上炙烤

鲜血在争夺高潮中吱吱作响

两只手从左方和右方伸来

一只是母爱　另一只也是

一只是玫瑰　另一只也是

一只挂着瀑布　另一只也挂着

它们让我恐惧

灰阑之中的争夺

与灰阑之外　同样荒谬

公案上：醒木跳动着

向谁吩咐？

无论向谁吩咐　它都像

滚烫的烙铁　死死将我焊住

一生都在灰阑之中

一生

老虎与羚羊

半夜　有人在我耳边说：
我醒了，你们还在沉睡

世界像老虎　在梦里
追着你追着你
世界的万物都像老虎
它们一起追赶你这只
细脚踵的羚羊
永恒的天敌绝不放过你
即使在梦中　即使在虚空

早上　2021大年初一
我慢慢读着马雁的诗
细嚼慢咽地把那些词语吞下
然后拧亮台灯　打开手机显示屏
那是我的面孔还是老虎的面孔？

老虎念着诗　而我动着嘴唇

她也是这样一颗一颗

吐出星星的瑰丽吗？

她也是这样被追赶着

被驱使着　被抓挠着

直至跌入黑暗？

她在黑暗中醒来

还是我在明亮中逝去？

那只老虎斜刺里冲出

抓住你　那只利爪

不！那是锋利的刀刃

刺进你的肉体

你被一缕透明的锋芒

一片一片剖开　化作光晕

星星就是这样亘古永久地

吐出一颗又一颗瑰丽

　　2021年大年初一，为白夜录读马雁诗有感。

张
存
己

海角

从光华楼去旦苑时，太阳已经快要落山

走在直指政通路的光秃秃的背阴马路

岗亭两侧对称的伸缩门

在连通校园内外的车道半途滑下铁幕

远处，梧桐树铅灰色的枝条下

自西向东的单行道齐刷刷亮出的猩红尾灯

也罩着一层蒙蒙雾气

这时机械臂的菱形块颤动着

将自己拉紧，一辆轿车缓缓拐进

走在铁门前的几个学生

突然被裹进前照灯的光束

扁平的人形剪影变得愈发昏暗

使我很难分辨自己正走在与他们相背还是

相向的方向里，但正是这束光

使他们的轮廓（他们的背包、外套

翘起的发丝）剧烈地氧化

因此显得格外生动

使我在很远的距离外

产生他们在跳跃而不是行走的错觉

我想我不一定与这些暗影相识已久

而他们已经来到

禁止行人穿越的机动车门因而

很快就必须领受可以南也可以北的自由

工业的光，像一道启示，穿过人群、车流

穿过十字路口跳闪的警示灯

打在我面前，在那对高耸的水泥塔柱的

注视下，在光明本该退场的片刻

使我偶然窥测到某种无定的秩序

仿佛彗星闪现在诸天玩具般静置的布景间

短暂地照亮我们身外巨大而沉默的宇宙

诗艺

在那些糟糕时刻他曾逼迫自己去写
冗长的文章，不去纵容沮丧与恨意，
把自己的心当作空罐头扔到院子里，
再回到书桌前，谛听死者的交谈。

雨水和草叶接管了他的心，
鸟从远方偶尔带来声音的种子，
季节轮换，他从书本中抬起头，
有些事物自窗外一闪而过。

他知道有一首诗可能正在
从那渐趋平静荒寒的心里长出，
他希望等这篇文章结束之后
就能有时间着手去处理它。

但他又想起写诗是多么虚无的事，

是在午后的斜光中拨弄灰尘的竖琴，

是日复一日地观察自己

如天文学家躲在晦暗的塔中追踪星辰。

是俄耳甫斯回头发现身后什么也没有。

周南·瞀

唯其目盲，黑暗向他涌来
他在无涯的水面，触摸太阳
卷耳、葛覃、茉苜……初现的星盏，
连同露水的一声叹息，秋天里永有回不来
的事物，进入手指尖，兼葭苍苍白露已荒
大地茫茫，许多年代已变得过于久远

沉降与升起之间，十月路沿的芦花
已白，一座城池一座无名的村庄，也挽不住
白驹过隙的烟尘，青山已老，秋风过处
瓦松隐伏，是否始终会有一扇门向他敞开
醉蝶花之外远野树木，银线里

张
杰

谒苏轼墓

宋朝气味的空气，在清晨悄然佩剑。
赤壁怀古的策士飞出深径，立在檐上。

郏县空中，有一口祠殿的深井，
一只巨眼种下冬风的呼哨，
也是凹下去的一面大鼓。

天空被树枝、灰沙和铁屑擦亮。
苏轼在一条透明光带上走着。
松林蒙着一层细沙，被尘土管理。

松针说出了星星的语言，普遍的坦诚
胜利的贬谪，火箭言辞的电力和漂泊。

墓林培育出松风守墓的面孔，
古柏文章交错，老成望柱。

石马、石人让土冢隆起满园幽幕。

黑鹊跳上松林的高冠,
松枝的跷跷板荡漾。
唱反调的影子已长入元朝的侧柏。

光线的锯齿在吟哦游仙精神。
石供桌已开裂,
石瓶已听到广庆寺的苏醒和神行。

黑鹊叫着,震荡松林,
墓里笔墨探出来,在石虎上游荡。
小峨眉山已坠入夜的小县。

我睡在郏县的寒潮棋局里,
棉被的白梦里,落进一位诗神,

他瞳孔里划过一颗彗星,像酒神
洒落了一滴眼泪似的酒精。

2018 年 1 月

张
曙
光

当白日梦发出长长的尖叫

所有的预期都被打破了，但日子仍会在那里
拖着彗星般长长的尾巴，目光迟滞地看着我们。
垃圾箱胀鼓鼓的，带着每个家庭特有的气味
和隐秘。悲伤被巧妙地掩盖。女贞子树开始变绿，很快
春天会像瘟疫一样轰的一声爆发。

它的全身会缀满白色的小花。
像殡仪馆。或一块涂满奶油的生日蛋糕。
"许个愿吧。"事实上有更多的事情要我们去做
但最终会被时间出卖，尽管
一切看上去恰如其分，像餐盘在碗柜中

整齐地摆放，直到存在显现出自身的轮廓。
冰冷而乏味。电水壶发出尖叫。水流
缓缓地注入明天的器皿。好几天忘了洗脸。
车子上积满灰尘。一只流浪猫在挡风玻璃上
留下脚印，像一朵朵桃花，但颜色灰暗。

抵达

借助这语言
我们抵达
无法抵达的深处

水中的火焰。明亮
而温暖。时间
浇铸成晶体

置身于其中
我们的影子被无限放大
铺向天际

谁能告诉我
我们该如何称呼自己？
又该如何为幽隐的事物命名？

它们久已存在
只是我们无从唤醒它们
在意识黑暗的子宫

现在它们起身
羞怯如三月的新娘
走向我们

暗物质，试管，寂静
一切如其所是自在而安宁

张
新
泉

冥屋

扎冥屋的欧师傅说
出殡时要看着把它烧完
否则死者收到的宅子
会又破又烂……

对喜欢垂钓的乡邻
欧师傅必在屋檐下
画上鱼篓和钓竿

不另外加钱

张
雪
萌

波斯菊

读新闻：交战双方、伤亡人数、日期或是

别的。反政府武装、突袭、自杀式……

中立的播报自欧陆对岸送至早餐桌，

新的一天工作愉快！切换的新闻图片

一小丛波斯菊伫立在废墟边

不能辨别帮派的枪声从它的根茎升起

它熟知冲击波的频率，这一切

如同每日吸取

阳光、不太多的降水和同胞的血肉

浸入地表。随时炸裂的立足之地

绿色旗帜下，孩子的黑眼睛

呆呆地凝视。花的摇曳在战火里

花燃烧在幼小的瞳孔

争夺、抢掳和偷袭。每一朵波斯菊就是

大地上的一朵伤疤，它用摇曳转动头颅

摄下暴行

盛开。坦克履带下的笑声被碾碎。

托举它，尽管细弱的茎快要被硝烟折断

死，当你尚不能命名太阳

它便从每一处断肢、饥荒和谎言下

——长出来

张
烨

下雪了

下雪了
住在我灵魂深处的雪
飞出来了
青苔上加雪，雪上加霜
伸手可触及我喜欢的绵白

神抖抖的树叶，盛开的花
总让我莫名忧伤
如今这光秃秃的枝丫
倒反让我心安
唯有冬天，唯有雪，能使我镇静
没有消息就是最好的消息
我看见冰层封冻下的绿意
步履轻松如雪花翩舞
看看天空，看看桥上都在做减法
空气带着雪的味道沙沙拂面

夜晚裹在雪做的房子里读读朋友的诗集

回想起一些愉悦的往事

张
远
伦

失踪的瓦

一片孤独的瓦，独自走向天空
微微翘起的姿势，有点骄傲
它，一直没有落下来
仿佛兀自反向而上
我的小镇上，一条柏木檩子
就能挽救这样一片绝世的瓦
当我站在瓦片之下
提前感受到了这个镇子
顶尖的碎裂。哦，不
这是一片圆满的瓦
在旧时光纷纷黏合的余生
绝不会掉落在我的意念里
某个夜晚，那片瓦终于消失了
像被闪电击中。第二天
我在院子里到处找不到碎片
一点瓦的踪影都没有

这证明了我的判断

有一种消失，是引力的消失

美或者爱，也是这样

张
执
浩

三万只羊

我从来没有见过三万只羊
同时出现在草原上的模样
我甚至无法想象三万只羊
一齐漫过草原的尽头
现在它们要从蒙古国
来了。越过草地、戈壁和沙漠
越过公路、栅栏、铁路和河流
越过人类对它们有限的认知
譬如活着是为了什么
轮回又是怎么一回事情
我知道承诺是需要代价的
但我从来没有想到代价
这样大，以至于我必须
将自己彻底清空才能接受
如此悲壮的献祭与拯救

冰箱贴

做菜的间隙

我时常打量

形状各异的

冰箱贴

这些五颜六色的

小东西都是我

从各地搜集来的

代表着世界

大和美

此生我去过人间的一部分

还有余力去更多的地方

所以需要一口好冰箱

储存足够的食物

我需要用

动物的眼睛看待

锅里的和碗里的

再用人类的目光端详

看不穿的生活

那是亲爱的皮囊

制造出来的动静

我将成全我

在明朗的人间

做一个风尘仆仆的人

阿勒泰记忆

夏秋之交居住在低洼湿地里的林蛙

有时会到高山森林湖边

产卵

雪线虚构着世袭的海拔

虚构着人类的边界

静夜里凝望

一只黑鹰

静静向哈萨克斯坦草原飞去

马独自在山谷里吃草

土拨鼠独自向星空窥望

云杉林独自喃喃私语

已然亿万年过去

仿佛地球上什么都未曾发生

拖鞋的尾韵

　　——给郑克鲁

请问，你的权柄去了哪里？

那来自字符的膏抹，

此刻都隐遁在虫洞之中吗？

你跩着拖鞋的尾韵，

在办公室制造平民的音乐，

粘住时间的回音壁。

当称谓在钟摆中晃动，

你被重度地催眠。

几十年来，你都活在枯灯的芯之中。

在寒暑交替的夹角中，

两种文字的相互辨认，

成为你经久不息的神学。

你甚至刻意隐瞒家世，

那名讳是世俗生活的一部分，

它构成不了你煊赫的自信。
只有当铅的香散发在书店的大厅，
你才会动用盛装的纽扣，
夹住这唯一的、需要装扮的时刻。

在其余的时间你是 R. S. 托马斯。
东方巴黎有一个宁静的犄角，
那就是你所耕耘的乡村。
窗外的桃树玩着开花结果的游戏，
你用鞋尖蹭了落叶的裙摆，
完成两段文字之间美妙的停顿。

赵
丽
宏

古莲与哥窑

序曲

一个古老的念头，像一颗在地下潜藏千年的古莲子
突然被清凉流水轻轻激活，萌动了羞涩青嫩的胚芽

一

历尽沧桑的大地啊，你是那么熟悉，又是那么陌生
落叶残花正随风而去，新的生机又追随流水纷至沓来。
依然是旧时的气息，依然是千万年前的嘴脸
时髦的衣衫包裹着未曾进化的肌体骨骼
花蕊和枝叶中，露珠闪动一如当年的晶莹
人群在风中旋转奔跑，花树在雨中摇头招手
这世界有什么变化？天地间的生灵难道都因循守旧

二

当欲望的抓痕撕裂了那个熟悉而又陌生的世界
我期望所有的裂缝都能汇聚于一只古老的瓷坛
那是哥窑花瓶上那些裂而不碎的美妙纹路
像繁复之网，向四面八方辐射、伸展、流淌、蔓延
却依然和谐抱团，围绕着那个庄重的土制法器
那曾经在风雨中凝聚，在烈火中涅槃的大地之魂
此刻正沉着冷静地展现着自己丰满浑厚的完整

三

当幸福和圆满的含义像雪片一样漫天飞舞
我愿意成为一座喷发的火山，用滚烫的岩浆
撞击万古不化的坚冰，接纳融化所有纷乱的飞雪
冰雪源于清澈的流水，却被严酷的寒冷封冻
让岩浆在雪流中奔濯吧，火的殷红裹挟着雪的苍白
汇集大地上所有的憧憬和向往，汹涌澎湃，一往无前
去投奔蓝色的海洋，去追寻从未领略过的浩瀚和辽阔

四

尽管你淡淡的微笑中含着深深的忧伤

我还是发现那些被忧伤包裹的苞蕾里面

正孕育着千瓣万瓣千丝万缕喜悦的花香

存在即合理，合理即现实，合理的存在隐藏于现实

只要活着，你可能游历天地间所有的玄妙奇境

多少生命一生一世都被幽囚于一个小小的笼子

挣脱的过程既有虚幻的有形，也有真实的无形

五

所有的相遇，都可能是生命中的久别重逢

所有的分手，都可能是无法返回的生离死别

就像浩瀚的大海中两朵浪花不经意地撞击

却激发起惊天动地的波涛，让整个世界震撼

就像来自不同方向的两群候鸟在云中邂逅

暴雨打湿了翅膀，无可奈何栖落在同一片芦荡

生存之需，原来就是这样我中有你，你中有我

六

在黑暗中迸发光亮，那是燧木取火，是秉烛探窗

睁大眼睛看看吧，这曾经被夜幕笼罩的混沌世界

远比你在暗室中独自苦思冥想的天地辽远宽广

当长夜的帷幕被撩开时，阳光也许会成为遗忘的资本

在光明中遗忘黑暗，多少人心安理得

以为太阳不落，以为黑暗只是记忆中临时的阴影

面对着一轮满月，竟忘记了它曾经的幽闭和残缺

七

孤独的行者，不要以为天地间只有你一个人

你的前方，有一拨又一拨先行者踩出的曲折道路

如果心灵的视野向往着一个共同的目标

即便高山阻隔深渊横亘，我们依然能互相拥抱

命运的纽带在千变万化的灵魂韵律中紧密交织

那是丝竹和提琴在冥想中构成天籁的和弦

是青铜编钟和管风琴在沉思中携手天作之合

八

当心中滋生仇恨，咫尺之距无异于缥缈天涯

心中充满爱的时候，瞬间可以成为无尽的永恒

哪怕所有的时间都在彷徨中，这一瞬间足够你成长

驱逐心里的烦躁，尽情描绘未来的幸福景象吧

让所有的潜意识，都来参与这静谧而美妙的描绘

我们的灵魂中，珍藏着用一生撷集的珍宝

献出这些珍宝吧，让它们化成你独一无二的诗行

九

此刻，那颗古莲子正在哥窑瓷瓶里抽枝长叶

新鲜的蓓蕾正静静地绽放着来自远古的幽香

古老的，永恒的，新生的，年轻的，

在沁人肺腑的花香里不露行迹地悄然融为一体

就像耄耋老者的大手挽起童稚幼儿的小手

刹那间，苍老重返青春，幼稚迅速成熟

那是神迹一般的融合，唯有深深的沉默可以描画

        2021 年秋天，于上海四步斋

赵雪松

鸟鸣

鸟鸣声里生长着松树和柳树
像两颗心一样清晰

或婉转、或流畅、或含蓄
但一样清澈见底

我身上的尘垢让我含着羞愧
在那透明里我看见自己
丢失已久的本来面目

我看见地面上弯弯曲曲的水流
仿若我荒废的德行

我捧起鸟鸣的水滴含在嘴里
那慈母的伦常、善念和优美

2021 年 2 月 13 日

赵
野

五月

年过半百，终于相信
生命有很多来回
执念吹起往世的白发
和明日的眼泪

河水一路出新意
渡口闪闪发光
对面树上，那只鸟
定要把我带回从前

五月，觉悟值得期待
南风不常不断
行星在天上运行
对我一直都很慈悲

快乐留不住啊

痛苦也会过去

年过半百，我终于

读懂了落花的句法

2021 年

河流振翅欲飞的时候

一

河流振翅欲飞的时候
词语开始绽放

心欲丈量天空的广袤
承接神的言说

存在是一种宏伟叙事
让我们戚戚战栗

落日谈玄，峨冠博带
庄严沉入大漠

二

末劫怎样渡，青天蒙昧
不染岩上花树

众生中的我俯瞰众生
端坐百尺竿头

大把的黑暗溢出手掌
吞噬光的伦理

白马驮来西边的典籍
立定中州精神

三

无论如何不要贬低生命
虽然，诸漏皆苦

此世的可能鸢飞鱼跃
但命名心爱事物

香烟尽处验出真教条

虚空纷纷破碎

更好的句法悄然而至
五月桥上拂过

四

这一切可否松弛下来
像你的花布衣裳

婉约的问候，像鸟儿
应和山谷回声

欢筵都会结束，何如
铭记温暖的细节

狮子在东边云中隐去
世界并未完成

注：

1. 第 16 行，"光的伦理"语出诺齐克。

2. 第 36 行，"世界并未完成"语出马勒伯朗士。

2021 年

落叶赋

多好的一个冬日。风回到树上
云回到水里

几枚金灿灿的银杏叶子，从树梢
落了下来
温软缱绻。宁静
就那么轻轻地，对着天空
交出阳光雨露
交出悦耳的鸟鸣
交出颤抖之身和那些水分，与高高的
枝头脱离
优雅地旋落。越来越近

交出所有负重
我愿意和你们一样，越来越轻

郑
委

光

小时候

常常拿着手电筒

往月亮上照

一束白光穿过眼前的黑往天空射

我们以为这样

光可以照到月亮上，照亮神的家门口

有一年夜晚

我骑的车子爆胎无法前行

在郊外给父亲打了电话

他来时

带了一盏手电筒

我在前面，他在后面，手电一路照着地

照着回家的路，照到了

家门口

如今想来

那一夜的手电之光仿佛是月球上的孩子

照过来的

无消息颂

愿隐没成为我发光的方式

——菲利普·雅各泰

没有一个神爱回信。世上的钟声
全都冻住了，得过好一会儿才能化开
后来遍地都是轰鸣，但没有什么
比从未响过的那一座更像钟了

你的锤就是这样找到了我的钟
突然间我沉寂了无数次的钟
响了一下而且就一下而且没有
什么比这一下更能决定命运的了

世界不再被震荡之时，在每一件
磨损过的乐器上都恢复了童贞
关上的门又被风轻轻吹开，仿佛

还会有人来。你的未来像极了
河面上越来越小的那块冰，稳定
而又虔诚地融进你本来就是的水中
再也无法被认出来。我也在水上
但我素来只关心舵的事情，一点也
不在乎浪有多大，或船是否会沉

我不大会跳舞，但使我靠近你的
每一步都是绝妙至极的舞步，连我
也没办法再跳上一遍。我们找得
最欢的时候，我们在彼此身上藏得
正好，现在我们多像是那双后跟
快被神磨坏的舞鞋，已成为舞者的
一部分，比我和你更加不可分离

世上总是充满了一半一半的话
而夜曲能覆盖的超过了夜色本身
我想说的，正如一窝被母猫藏好的
幼崽，还在昏暗中吸奶。就这样
我们互为答复，没有什么消息可回
令全城的天线足足轻盈了一整天
相比于四处去交汇，我更愿意化为
宁静本身，去做波纹一生的侍从

阿尔忒弥斯

一

他要张开嘴预言一场暴雨
慢慢地，海水从悬崖上滑落
我们就在这个地方
丢失了手臂上白鸽的爪痕
把一朵花掐灭的方式，我们叫作忘记
他的脚踝依然干燥而温暖　　就像
神第一次将人从石膏里拔出来那样

二

凡是不能出声的，都使静谧更动听
月沉了，葡萄烂了，火车驶走了
眼球和眼球背面的荒漠都献给路

你驻过的脚印变成小小的水洼

我是水洼里漂泊的浅浅的船

回忆的草芥在腐殖中滋养

这仪式人们称之为明天

三

能否孕育一个不曾诞生的英雄　　就像

种一棵树，在寸草不生的丘陵

它颈上的回路是命运赐给的迷宫

阿尔忒弥斯，谁给了你这柄生锈的铜酒杯

从雨水里来的都要回到雨水里去

比黑夜更黑的炉火旁，我们是两团湿软的泥

我捏造你，正如神捏造她自己

四

被聆听的，丢失声音；被命名的，丢失姓名

（妈妈，我听见船的汽笛声了

你田里荒芜的蒲公英是你薄命的谎言）

他要执行一出残忍的歌舞

一场山洪，一颗山羊心脏的爆发

（把他呈上来，那具琥珀般浑浊的肉体）

闪电降临，所有的灯都熄灭了
刀和鸽哨照不亮的地方，野
兽的影子继续潜行

五

十一月傍晚我们路过巴塞罗那市场
人们抽烟，在柑橘堆上谈论那头撞碎的牛
雨水把城市浸湿了，雨水把井灌满了
井水溢出来了，城市摇曳的醉眼
我把烟头熄灭在苔藓锈蚀的水泥墙上
从此不再为没有故乡的歌手停留
身材高大的女人站在黄铜的钟顶
剑鞘上悬挂着两颗人头

2021 年 2 月 9 日

地下铁

从天安门到克里姆林宫
只需两分钟
从太阳转至月亮
从婴孩走向死亡，只需
进站，电梯，车票

多年前，一声巨大炸裂
吵醒京城土地公，黑暗被开凿
科学沿着子午线的方向
建造，逃逸时间之河
并朝中南海流去

而后，石头融化
以打造发光鸣笛的铁龙
装载互不相识的人，空间
压缩肉体，男人和女人

随灵魂游荡半空

人们坐上地下铁，火
从城市的四面八方涌来
又向着五湖四海离开
我站在原地，不知
风该往哪一边吹

周
瑟
瑟

倒退着回故乡

一年之后

我坐上火车回故乡

上了车就睡

醒来后

发现火车倒退着奔跑

像一匹疯狂的野马

两侧嫩绿的山峦跟着倒退

低矮的坟墓倒退

方形水田倒退

湖泊倒退

行人倒退

倒退着回故乡

一定会见到我的父母

他们倒退着死而复生

田野里的白鹭静止

它们看呆了

一匹疯狂倒退的野马

朱
涛

台风来了

海的道路坎坷，它银质的惊慌
像通货膨胀的星期天
早已无法把肉体电压的落差输送到边穷山区
它说，我唯一的遗憾是不够出名

一代代，一生，学习摔倒又爬起的软骨波浪
凝聚海平面

但台风来了，激荡它心灵流亡的小松鼠
迎接一个个漂流瓶的岛屿

居无定所反而无所畏惧
这难道是所谓的死亡真理的戏剧
在受难日到来时看清嘴里是否含有金钥匙

容器都是一样的

盛放高贵的，不能让其卑微

眼泪的花朵也决不会一跃为苍鹰

闻一闻

让出售的灯塔奔赴故乡

重新灼亮面目全非的蜜罐命运

2021 年 5 月 4 日　舟山

想象陈子昂

——为一次未成的射洪之行而作

我想象自己能有这样一次旅行：
从上海或苏州，搭乘航班或高铁
到成都，再登上赴射洪的汽车。
相比细雨中骑驴，如今入川倒是
便捷了许多。但真正的造访
从未实现（一如真正地理解常常
沦落为谬托知音），障碍并非山川
阻隔，问题在于如何涉渡时间之河。
生死不过是其中涌现的浪花，
而河流的奔腾从未止歇。

不用到场都能想见，你真实生活
于此的真正痕迹早已所剩无多。
读书台，埋骨地；悲风屡起于
空山独坐。宝应元年的射洪美酒

冬酿春成，51 岁的杜子美
曾在此极目伤神、长歌激烈。
正在此年岁末，他的俊友李太白
刚刚成为新鬼；他的前辈陈伯玉
已经故去多年；他的追随者们
尚未出生……他的耳边兴许依然
回荡着《登幽州台歌》的音调。

我的到访能为这个场景增添任何
有意味的瞬间吗？大概是再次
唐突古人？欧风美雨和声电光影，
数码复制与赛博废墟——之于你
我们是枯树上长出的、被它们
所滋养起来的新枝，随时用来
制成斧柄，装上磨得锃亮的刃口
将你的墓园和故乡周遭的树林
砍伐得干净、整齐，便于迎接
地产商的楼盘、旅游区的开发
以及网红的打卡。这些跟你的事业

毫不相关。你的事业曾经是
任侠使气，是折节读书，是高谈
王霸大略的慷慨陈词，是征伐燕蓟时的

投笔从戎。你的事业
还是泫然流涕，是乐善好施，是
闷闷不乐的居官，是归隐故园
采药养生的安度。你的事业甚至
包括续写《史记》，与君子为友，
与小人搏斗，可惜它们均中断于
命运奇特的安排。犹如千余年后
静穆的守墓人默然无声地殁去。

我想象着当年，有雨的暗夜，
有人窥探到了潮湿的县狱中
回荡着你在 42 岁上的喟叹。
你遭摧毁的肉身有明亮的蜕壳，
它被草率或郑重地掩埋。它变得
无关紧要。你从此得以寄身于
修竹或孤桐，成为箫笛、琴瑟，
演奏，种下声音的龙种。你
从来没有觉得自己能如此轻盈，
随着风就能飘荡到任何一处耳膜。

编选人说明

一、这本年度诗选的编选范围，限于 2021 年写作或发表的诗作。作为临时受托的编选人，我在短促的时间和有限的阅读范围内，集中阅读了 2021 年度的国内诗歌，阅读途径主要有三：

其一，根据我本人平时日常所读诗作，积累下来的大致印象、记忆、文本存留；

其二，我受托编选此书之后，一对一地定向约稿（凡与我互加微信的诗人，皆在定向约稿之列，超乎百人之众）；

其三，通过北师大和鲁迅文学院的 18 位博士、硕士研究生，全方位而又层叠分明地阅读了 2021 年度国内所有诗歌刊物、所有刊登诗作的综合性文学刊物，从中荐选出数百首优异诗作，我可以负责任地说，他们的深读、筛选、举荐目光，密不透风且风格多样，深具现场感与专业素养。为表达特别的致意，我在此列出这份名单：张世维，焦典，李森，冯帅，马赫，袁园，杨康，钟大禄，陈四百，李言，谭滢，杨佳欣（以上 12 位是我本人的研究生），张高峰，王晴，李莎，白小云，蔡岩峣，钱晖。

二、显而易见，尚有不少优秀诗人（尤其是年轻诗人）的佳作，由于这样那样的原因，没能选入此书。我得坦承：其主要原因是我没能读到这些诗作。对此，我真的深感遗憾，深感抱歉。

三、按照编选惯例，我没有选自己的诗作。

欧阳江河